新时代的映山红

——乌蒙山扶贫连片特殊困难地区
"驻村第一书记"脱贫攻坚掠影

刘光富 著

海洋出版社

2018年·北京

图书在版编目（CIP）数据

新时代的映山红：乌蒙山扶贫连片特殊困难地区"驻村第一书记"脱贫攻坚掠影/刘光富著. —北京：海洋出版社，2018.12
ISBN 978-7-5210-0309-3

Ⅰ.①新… Ⅱ.①刘… Ⅲ.①报告文学-中国-当代 Ⅳ.①I25

中国版本图书馆 CIP 数据核字（2018）第 298676 号

责任编辑：鹿　源
责任印制：赵麟苏

海洋出版社　出版发行

http：//www.oceanpress.com.cn
北京市海淀区大慧寺路 8 号　邮编：100081
北京朝阳印刷厂有限责任公司印刷　新华书店发行所经销
2018 年 12 月第 1 版　2018 年 12 月北京第 1 次印刷
开本：787mm×1092mm　1/32　印张：5
字数：120 千字　定价：28.00 元
发行部：62132549　邮购部：68038093　总编室：62114335
海洋版图书印、装错误可随时退换

《新时代的映山红》序

陈国栋

《新时代的映山红》（原名《攻坚，在路上》）是中国自然资源作协驻会作家刘光富同志深入乌蒙山地区体验生活，扎根于人民群众之中，用辛勤的汗水和刚劲的文笔创作的一部关于脱贫攻坚的长篇报告文学。在文学创作的道路上，刘光富同志躲开喧嚣和浮躁，坚持业余创作，继散文集《我的土地我的村》、《夹缝里的行走》出版之后，又一部作品即将出版面世，在此祝贺。

《新时代的映山红》是贯彻习近平总书记在全国文艺工作座谈会上的重要讲话精神和中央《关于繁荣发展社会主义文艺的意见》，落实"深入生活，扎根人民"主题实践活动要求，为进一步弘扬基层干部扶贫精神，向社会传递乌蒙山地区精准扶贫经验和涌现出来的典型人物的先进事迹，由中国自然资源作协安排创作，并列入四川省文学扶贫"万千百十"活动创作计划，并获得四川省作协的专项经费资助的一部现实题材的精品力作。

作品紧扣乌蒙山地区扶贫攻坚现实，把当前乌蒙山地区正在如火如荼地开展的扶贫攻坚做了全景式的铺展，通过对该地区12

位驻村第一书记的书写，成功揭示了驻村第一书记牢记脱贫攻坚工作的历史使命、艰辛历程和取得的丰硕成果。所采写的人物鲜活，接地气显灵性，塑造了"新时代的映山红"——邵升、李安义、舒琳等服务基层的驻村第一书记的群像，让我们看到了时代灵魂人物身上的闪光点，他们身上所绽放出来的力量让我们敬佩。他们是新时代精准扶贫的实干家。

2013年以来，刘光富同志先后深入到乌蒙山扶贫连片开发地区的二十余个市、县、区进行采访，风餐露宿，徒步走遍了金沙江、赤水河谷地，深入到云南威信、镇雄，四川宜宾市的兴文、屏山以及泸州市的叙永、古蔺，贵州毕节、遵义等县区的80余个乡镇、100余村进行采访。特别是2015—2016年，在中国自然资源报社、作协上挂驻会期间，根据安排，刘光富同志又持续进行了长达100余天的蹲点采访，与基层干部群众同吃、同住、同劳动，从而获得了大量第一手素材。之后，刘光富同志进行了历时两年多的创作，并经过反复修改，完成了《新时代的映山红》这部长篇报告文学作品的创作。先后在《大地文学》、《四川文学》、《中国报告文学》等刊物摘登，在社会上引起了广泛关注并产生了一定的影响，作品具有十分重大的现实意义和深远的政治意义。2018年9月5日，由中国自然资源作协、四川省作协联合主办，兴文县委、县政府承办为该作品在兴文县召开了研讨会。

挥笔华章歌盛世，顶天立地映山红。衷心期盼刘光富同志不忘初心，深入生活，扎根人民群众之中，坚持文学创作，不断推出更多更好的接地气反映基层干部群众工作生活的文学作品。是为序。

目 录

引 言 …………………………………………………（1）
一、市委组织部来的"迷彩书记" ……………………（2）
二、贴在群众心窝子的"小蜜蜂" ……………………（15）
三、痛点转化成幸福点的"点穴手" …………………（29）
四、幸福村里奔忙的"背影书记" ……………………（43）
五、爱心满满的驻村"花木兰" ………………………（56）
六、矢志不移的"微笑书记" …………………………（66）
七、奋蹄红星村的"老骥" ……………………………（80）
八、扶贫重扶智的"智多星" …………………………（94）
九、三斗米村民的"抓钱手" …………………………（107）
十、北京来到古蔺深山的"亲戚" ……………………（118）
十一、扎根华年村挥洒热血的"雷锋" ………………（130）
十二、滋润富民村的"春风春雨" ……………………（141）

引 言

"深扎"乌蒙山地区采访脱贫攻坚的日子里,我经常被这几句歌词感动得热泪盈眶:

夜半三更哟盼天明,

寒冬腊月哟盼春风,

若要盼得哟红军来,

岭上开遍哟映山红,

……

映山红,这是乌蒙山地区非常普通的一种植物,随处可见,却总是让我放不下,而且又在眼前不断地摇曳,总觉得他们和那些扎根在村村寨寨脱贫攻坚工作第一线的第一书记是何等的相似。

是呀,正是这一株株平凡的映山红,在习近平新时代中国特色社会主义思想和基本方略指引下,一路风行一路高歌猛进,在乌蒙山地区脱贫攻坚主战场的沟沟壑壑,山山岭岭,只争朝夕,辉映天地,用青春和热血谱写出一曲曲动人的华章!

一、市委组织部来的"迷彩书记"

秋天的上午,川南山区兴文县的乡村,远处的雾气还没有散尽,零零星星地散布在高处矮处,有点墨染的韵味。收割完稻子的稻田一片空旷,鸟雀们飞走了,都去了它们想去的地方。田埂上急急忙忙地走着一位提着公文包的年轻人,不知是走得太快还是不习惯走这样的田埂,突然,他一步三滑,一个饿狗抢食,和人带包掉进水田里,虽然水并不深,但是还是溅起了一团团的水花,显然,他感觉有点不好意思,想一下子从稻田里拔出自己,可越是急着越是陷落进去,他索性有点多呆在水田里一会儿的想法了。恰好这时,对面一个村妇走过来,看见年轻人这副狼狈模样,蒙着脸装着没看见似地偷笑着从田埂上走远了。

这位年轻人正是从宜宾市委组织部下派到永寿村的第一书记邵升,初来乍到,永寿村就用重重地摔一跤,给他一个大大的"见面礼",他立即就意识到,脱贫攻坚这条路真的不好走,当晚的笔记本上,他写下这样一则日记:"到村的第一天,村里的路太难走了,一下子就掉到水田里了,浑身都是泥巴,成了落汤鸡,整个人水淋淋的,溅了一脸泥浆,真狼狈,老乡在旁边看笑话,也没有人扶一把,脱贫攻坚的任务比想象的要困难得多,要尽快进入角色才行。"

兴文县地处乌蒙山集中连片扶贫开发区域的川南宜宾市,据《兴文县志》记载,县域内的九丝凌霄城是当年僰人的消亡之地。那里至今还留存着许多僰人的遗迹,在这里的一些农村,还沿袭着僰人的生活习惯,民风民俗非常淳朴。由于整个县属典型的喀斯特地貌石漠化地区,加之前些年对煤矿等矿山的开采,水资源越来越枯竭,"地上贵如油,地下哗哗流"正是这里的现实。

离县城二十多公里的樊王山镇永寿村，在全县上下是出了名的贫困村、后进村，根本就找不到自己的亮点和特色进行发展，村干部也不拿心思替老百姓办事，基础设施建设严重滞后，全村没有一条硬化路，而且村子里不仅没有干净的饮用水、没有安全用电，三分之二以上地方没有手机信号，更没有网络宽带；农民主要以玉米、红薯等传统的种植业为主，山上许多地方土地贫瘠，石头又多，种下去的收不回多少，就连基本生存都存在问题，几乎谈不上有收入。村民们做了那点农活也没有别的事情做，经常三五成群窝在村头的小酒馆里赊欠酒喝，或者打小牌，而且说不定有时候还要吵吵嚷嚷两句，动不动就吵红脸了，动手打几个拳头的治安案件也有出现过。这样的地区能不贫穷？如果只是一般的贫穷，通过从上世纪八十年代到现在几十年的扶贫，差不多都该变好了，问题是永寿村可不是一般的贫穷，那是什么情况呢？2015年对标统计的时候，它还是全县为数不多的省级深度贫困村之一，一个村真正富起来的农户还没有几户，全村不足两千人，竟然还有几百人的绝对贫困人口。

"您认识邵升吗？"在电话里，兴文县委组织部副部长吴强这样问我，"不认识。"我回答。末了，又觉得我的回答并不完全对，我带着歉意地继续和吴副部长聊着："其实我还是认识的，确切说我只是没有和他见过面而已，但事实上，我看见过他的好多照片和影视资料呢。有关他扶贫的报道见过不少，他都快成大明星了，我还记得他的'迷彩'标配，还有他的大个头和体型。"邵升在兴文县甚至宜宾市，恐怕没有谁不认识，他就是大众眼里的扶贫明星，以他为原型，完全就可以弄一部影视剧了，如果真的拍摄出来，肯定是一部接地气的人气大片。我随手翻看手头的一个简单资料，上面明白地写着："邵升，2015年8月24日从宜宾市委组织部下派到兴文县僰王山镇永寿村担任驻村第一书记。"为专注脱贫攻坚，邵升还主动申请将编制、工资和组织关系转到永寿村所在乡镇僰王山镇，成为唯一一个由市级机关三转到乡镇的第一书记，邵升对我坦言道："仔细想想，我们下到基层，其实也是接受一次老百姓的再教育，我们的工作对象就是我们最好的老师，他们让我们学会用什么方法，什么姿态去搀扶弱者，让我们学着去关注卑微，帮助他们一步步树立起战胜贫穷的决心。我们如果弄不好，包括方式不正确，或者态度稍微偏差，他们都是不会接受任何形式的帮助的，他们就是天生敏感懦弱，哪怕宁愿受穷，你大骂他是猪，他也不会理睬你的，也是不会信任你的。"

"绿水青山就是金山银山，感受最明显的，就是在我们的永寿村，过去的石壳壳，如今成了聚宝山。永寿村过去的名字叫落雨山，村口的公交车站台上，还用的是这个名字，以示纪念吧，落雨是这一带方言，就是下雨的意思。"一次采访，在永寿村乌鸡宴体验馆门前的坝子里，我和本村村民吴玉蓉正在聊天，她不时爆发出一阵阵欢快的笑声。"我是二十多年前从外村嫁过来的，时间长了，就对这里很了解，之所以叫落雨山，靠天吃饭，石多地薄，三天五天不下雨，庄稼会全部枯死，过去，十年有九年是如此，落雨山又叫饿肚子山，特产就是懒汉和光棍汉。"

还有一次我去采访的时候，四川紫采凤乌骨鸡美食文化节正好在永寿村拉开序幕。邵升正在扶贫现场忙碌，远远就看到了他，一手拿着电话，一手正在指挥游客有序入席。活动正酣，苗族风情文艺演出、紧张激烈的鸡王争霸赛、徒手抓鸡、农特产品展销等活动，吸引了众多来自四面八方的游客和当地群众参与互动。开幕式现场，演出的《高山有好水》、《小鸡也疯狂》等独具特色的精彩节目，迎得了观众阵阵热烈的掌声和欢呼声。午餐时间临近，游客早早地坐在数十米长的长桌旁，等待独具特色的"苗家长竹宴"亮相，"苗家长竹宴"菜品刚一端上桌，众多游客纷纷拿出相机，先拍个够。"苗家长竹宴"以三截楠竹为器皿，盛装主菜、凉菜、主食、小吃、汤等食材，表达出绿色、自然、健康，传递最纯正的原汁原味。游客们品尝着"苗家长竹宴"的美食，甘醇的苗家米酒搬上桌，咪多咪彩唱起了祝酒歌，热情欢迎远方来的客人，宾客互敬米酒，相互送上真挚的祝福，好一番热闹。

"来到永寿村之后，他哪有一刻闲下来的？成天都泡在工作上，整个人都瘦了一圈。"贫困群众何绍福就跟疼爱自家孩子似的，边说边念起他给邵升写的打油诗，"邵升书记有耐心，年方三十正青春，肩负使命来这里，精心改造穷山村。"邵升 2015 年 8 月过来以后，每年回家的次数不会超过 20 次，他始终坚持在现场，不忘初心，带领全村干部群众共同打赢脱贫攻坚战，努力探索以党建引领助推脱贫攻坚的"永寿模式"。"你晓得不，咱们村里来了个邵书记？""晓得，就是那个穿迷彩服，胖嘟嘟的邵书记，刚才还给我幺儿一把糖呢。""对，就是他，听说他去四队的时候还掉到河里去了，衣服都湿透了。""邵书记刚到村时穿的是白衬衣、黑裤子、黑皮鞋，还提着个公文包，但是不知道为什么，几天后邵书记就换上了一身迷彩服、穿了一双黄胶鞋……在一起工作久了，慢慢才明白，邵书记是把我们村的脱贫攻坚当成一场仗来打。"村文书李全群说，"为了让村组干部和老百姓接受自己，邵升当天就让人把自己入党时那枚党徽带到村上来了，还捎了几件迷彩服。从那时候开始，党徽、迷彩、黄胶鞋就成了邵升在村上的标准装备，不管刮风下雨，他每天都会穿上这身衣服奔走在永寿村的田间地头、农户家中，也就是从那天开始，老百姓开始注意这个'迷彩书记'了。""是不是下来真扶贫的，只要一看那副行头就知道。我们老百姓，特别在乎干部在我们面前的样子，那种说话拿高腔，动不动吓唬人，穿着高大上的不受我们欢迎，事实上也做不好工作。"显然见得多了，村子里的一些人对干部的要求也越来越高了。才来不几天，无论是谁，只要问邵书记永寿的村情，他的嘴就合不住，就像说家里的事一样，谁家养了几头猪，谁家盖房欠了几万块钱，谁家小孩今年考上学校了……都能精确地说出一连串的数据。他在言语中是这样透露对扶贫工作的理解的："既然中央下了那么大的决心要干好的事情，要我们下来做这项工作，就不能随随便便把经念歪了。要做到不能念歪经，就是首先要把情况吃准吃透，随时心里有一本账掏得出来，否则，那是对上面的不负责任，也是对下面的不负责任，到最后不能交账，还会给自己留下一屁股的不干净。"

在永寿村工作，邵升不仅自己坚持佩戴党徽，为了让党员干部亮身份，他还要求全村党员都佩戴党徽。"那天邵书记给我戴上党徽的时候，我好像找到了45年前入党的感觉！"67岁军人出身的老党员张仲良说，"我当时还问他，邵书记你为什么要天天戴党徽、穿迷彩呢？邵书记说，他戴党徽、穿迷彩服就是要提醒自己，自己是一名共产党员、是组织上选派的第一书记，更是打赢扶贫攻坚战的坚强战士，冲锋陷阵，我们就必须冲在第一线。我从邵书记身上看到党和国家对扶贫工作的重视，同样也看到了年轻党员的担当，更看到国家和民族的希望。在国家需要的地方，在党给我们的岗位上，不管是从事什么工作，我们都要拿出主人翁的精神和举动，在邵书记的带领下，尽非常之责、创非凡业绩、苦干实干、攻坚破难，创造永寿的美好新明天。"这在邵升看来："国家要进一步强大起来，没有更多的敢于担当的人才，肯定是不行的，尤其在我们这个阶段，哪怕能力可以弱一点，责任也一定要强一点，我们用责任一点点地去化解老百姓心中的坚冰，只要我们所开展的工作，能得到老百姓的理解支持就行。"

"前几年在搞公路、通讯基站建设时，个别村民把征地当成发家致富的手段漫天要价，导致各项工作推进不了，最终许多项目纷纷夭折了，永寿村错过了几次发展的好机会。"对永寿村，村支部书记王中富最有发言权，"从上世纪八十年代开始，扶贫工作已经干了三十多年，在这个过程中，老百姓可以答应我们每一件事情，问题是我们做的事适不适合他们呢？过去，我们很难说没有出现问题，现在，我们必须要以负责任的态度来对待脱贫攻坚，这就是我们不敢轻易下手的原因，盲目不是扶贫，扶贫不能盲目。"

  为了达到改变贫困面貌不盲目的初衷，邵升到村后，坚持一步一个脚印，脚踏实地，"吃在村"、"住在村"，做到"下得来"、"蹲得住"，"沉下去"，首先把自己的心安顿下来，自觉做

推进基础设施建设

一个永寿村民,耐心地把各方面的情况吃透,永寿村的山路上,留下了多少足迹,山路的心中知道;多少背影出现在村子的夕阳下暮色中,村民们心里同样知道。"我们的产业发展打算分三步走,第一步,每家每户养上一定规模的山地乌骨鸡,第二步,发展几千亩翠冠梨,第三步,开发我们的僰人巨石阵小石林。待村子里的基础设施进一步完善之后,让村民们从此吃上'旅游饭'。"刚来时,邵升望着眼前,和村上一班人一起规划着将来。

为了发挥党组织战斗堡垒作用,邵升凭借过去在组织部门工作的经验和优势,首先考虑成立党员干部脱贫攻坚先锋队,并探索"把党支部建在产业链上、把党小组建在致富项目上、让党员示范在创业岗位上",发挥党员在脱贫攻坚中的模范带头作用,并通过这样的示范作用,实现组织建设与产业发展互动双赢。他通过壮大集体经济,建立村级党组织、村民、经营业主共同受益的利益联结机制,让村"两委"说话有人听、做事有人跟,事情有落实,充分用事实证明所实施的模式可行有力,在2016年就实现了集体经济收入0的突破，达到4.19万元，2017年突破了30万元，在2019年翠冠梨正式投产后将稳定达到70万元。基础先行，他多方筹措，加快基础设施建设，硬化村道19.4公里，幸福大道7.4公里，全村电网升级改造全面完成，新建日供水200立方米水厂1座，新建移动通讯基站。培育适度规模主导产业，发动党员、产业大户带头发展翠冠梨、乌骨鸡产业，形成了翠冠梨3000余亩、乌骨鸡10万余只的产业规模，通过农旅结合，初步形成了永寿村农业公园。提升社会治理水平，通过开展"村创四好户创十好"好动，将永寿村由贫困村、后进村转变为省级民族团结示范村寨、市级四好村、市级旅游扶贫示范村、宜宾市党员干部教育基地。

"永寿村之所以能在两年多时间从封闭、落后的贫困村发展为脱贫攻坚示范村，主要原因还是充分发挥了基层党组织在脱贫攻坚中的领导核心作用，把优质党建资源整合为扶贫资源，把组织活力转化为攻坚动力，集中力量打赢扶贫开发攻坚战。"邵升在工作中逐步探索出来的"多规相融、多策叠加、多业并重、多元投入、多模运行、多力协同"的永寿模式，为脱贫攻坚提供了一种崭新的思路和示范的样板。2016年初，宜宾市委开展的精准党建行动中，邵升的"以党建引领为核心、以产业发展为重点、以群众增收为目的，充分发挥党员群众主体作用，实现党建工作与脱贫攻坚深度融合"被正式确定为"永寿模式"，得到有关部门和领导的高度肯定。工作开展过程中，"永寿模式"所焕发出来的生机受到越来越多的贫困村"追捧"，纷纷效仿这样的模式，结合自身走出特色之路。

说到永寿模式，邵升有他的见解："如果没有组织给我第一书记这一平台的锻炼机会和组织在我扶贫过程中的不断支持和帮助，就没有今天的永寿模式，市委组织部领导和兴文县委在这一模式形成的过程中，花费了巨大的心血。"

邵升在脱贫攻坚的过程中，是怎样进一步以产业带动实践"永寿模式"的？我们或许从以下这些事例中初步找到答案。

事例一：省林科院专家通过对永寿村的土壤、气候、降雨量、无霜期、海拔进行分析，并结合市场需要，将翠冠梨确定为永寿村主导产业，在该村已经初步形成3000亩翠冠梨产业规模，同时还带动周边5个村栽种翠冠梨7000亩，最终形成翠冠梨万亩规模产业。在销售渠道上，永寿村也搭上了"互联网+"的快车，已经和电商企业淘实惠签订了销售协议，由淘实惠负责翠冠梨的包装和销售。

永寿村第一书记邵升和农户进行翠冠梨管理

事例二：2016年10月在永寿村举行的首届乌鸡美食文化节

上,八方来客对永寿村的乌骨鸡赞不绝口。"这个乌鸡的味道真的很特别,又香又嫩。"来自重庆的游客谢闻称赞道。发展乌骨鸡产业,正是永寿村脱贫的又一件"法宝"。该村大力发展乌骨鸡产业,指导养殖场转型发展,带动全村农户养殖乌骨鸡,年出栏量达到10万羽,其中养殖乌骨鸡1万羽以上的产业大户2户,养殖乌骨鸡300羽以上贫困户91户。游客们尝到了美味的乌鸡,农户的腰包也逐渐鼓了起来;不仅如此,还带动县内形成4家龙头企业十多家专业合作社,每年有20多万只鸡苗销往全国,400多万只鸡出栏,产值达2.6个亿。

事例三:针对永寿村留守妇女较多的现状,组织村里的妇女参加兴文县"苗家惠嫂"家政服务培训,争取到了五粮液集团酿酒工人岗位的定向支持,引进劳动密集型企业兴圣制衣落户工业园区,组织输送30余名妇女就近挣钱,增加家庭收入。

事例四:在产业扶持上,永寿村利用兴文县建立县级资金整合平台,为每个贫困村设立50万元的产业扶持基金和每个乡镇不低于30万元的非贫困村产业发展基金,大力推行扶贫小额信贷等方式,为贫困户发展稳定增收产业提供资金支持,围绕"建基地、创品牌、搞加工"的农业发展导向,大力培育方竹笋、油茶、乌骨鸡、红粱等特色农业产业,稳定群众增收。

在紫彩凤乌鸡宴的餐厅内,村民莫霞兰不断来往于厨房、人厅之间传菜,乌鸡汤、烧烤乌鸡串、乌鸡肉片、蘸水乌鸡……一道道具有永寿特色的菜品组成了一桌乌鸡宴,而这一道道美味佳肴的背后,蕴藏了永寿村从无到有,发展兴文山地乌鸡"紫彩凤"而带来的脱贫巨变。莫霞兰一家就是乌骨鸡文化节带来经济效益辐射的贫困户。"我们去年养了500只鸡,现在还种了几亩地的翠冠梨,生活越来越好!"莫霞兰说,如今,村上发展旅游,自己也进入紫彩凤乌鸡宴的餐厅成为了一名服务员,保底每月1600元的工资让她对未来有了更多的期待。和莫霞兰一样,养殖大户郑远昌也表达了同样的感触:"生活越来越好!"种西瓜、种球盖菌、种翠冠梨、喂鸡养牛……郑远昌和妻子杨兴容把自家的产业从种植发展到了养殖,并依托产业发展带动周边村民致富增收。"村民会在我这里拿鸡种,我也就带着他们一起发展。"郑远昌说,去年他家发展种植养殖业的年收入有20多万元,今年又开始养牛,同时发展生态垂钓,预计年收入有30万元左右。

已升任僰王山镇党委副书记,主抓全镇脱贫攻坚的迷彩书记邵升在谈话间,总有脱贫攻坚的"黄金白银"思路抖落在我们中间,在他看来:脱贫攻坚时间紧、任务重、必须只争朝夕真抓实干,埋头苦干,而在工作中,必须清醒地认识到,贫困村与贫困村之间,虽然都是以贫穷为主要特征,但是具体情况确是千差万别,但无论如何,在脱贫攻坚过程中,必须始终抓住人力资源这个因素,而无疑党员干部又是其中最为优质的资源,花精力和时间把优质资源整合为扶贫资源,把组织活力转化为攻坚动力,是集中力量打赢扶贫开发攻坚战的不二法宝。

"现在可以说住上了好房子,过上了好日子。"邵升介绍道,村民们搬进了新村聚居点;村上黑化和硬化村道26.4公里,还铺设生产便道8公里,出门就是宽敞的道路已经变成现实;配套建设的图书室、公共活动室、卫生室、便民服务超市等一应俱全;还新建了1100平方米的公共活动场所等基础设施。第一产业、第二产业、第三产业的融合发展正在逐步实现,短期产业助农增收,中期产业壮大之后,形成亮点特色,长期产业将福泽子孙。脱贫攻坚在永寿村,不仅扶起了一代贫困村民,更重要的是强健了子孙后代的筋骨。

"一年好景君须记,最是橙黄橘绿时",金秋十月,兴文县永寿村成片的翠冠梨树果实累累,压弯枝头,沿着整洁的村道望去,别具苗家特色的房屋映入眼帘,新建起来的乌鸡宴体验馆外,游人们惬意地品尝着水果,欣赏着山间美景,如同嵌入一幅美丽的烟雨朦胧的乌蒙山水画中,远处的山浓缩成近处的画,不知是行走在画中还是自然界的山水中……

是脱贫攻坚战改变了贫困村的面貌。从我在乌蒙山地区走访的情况来看,取得这样脱贫成效的,在兴文县也不是个案,共乐镇的毛村,大河峰岩村,比比皆是,包括叙永县的西溪村、海崖村,古蔺县的富民村、华联等村也步入了这样的行列。是的,脱贫攻坚已经在全国最贫穷的乌蒙山地区初见成效,正在为下一步振兴乡村,建成"美丽中国"打下坚实的基础,一幅美丽的乌蒙山画卷正在徐徐展开。

二、贴在群众心窝子的"小蜜蜂"

初夏的川南，蒙蒙的细雨中还带着微寒。一辆白色的小车穿过水淋淋的公路，溅起一道道箭一般的水花，射出去，跌落在地上。车子停泊在石块地的岔路口，从车上走下来一位三十上下、身材健壮的小伙子来。小伙子撑开雨伞，踏着泥泞不堪的小路往石块地老屋基的那户人家走过去。院坝里，满目的荒凉呈现在眼前：院坝里和拆除了房屋的老地基里杂草丛生，几乎找不到路了，余下的两间尚未拆除的瓦屋，支离破碎的瓦片横七竖八地躺在沾满青苔、腐朽得快要掉下来的椽子上。左右两边裸露的山墙也早已被风吹雨打得积满了青苔，几根柱子歪歪斜斜，费力地支撑起那残破不堪的屋顶，摇摇欲坠。山墙上，稀稀落落的竹片外被用一些蛇皮口袋和花胶布遮掩了起来。屋檐水从屋顶的瓦沟里断断续续地流下来，滴落在阶沿，显得异常湿滑。这里多年前是一座大型的三合院瓦屋，居住着王姓的五家叔伯兄弟，其他四兄弟因为挣了钱，先后重新开辟屋基修建了楼房，也便拆走了属于自己的那几间瓦屋，只剩下一家人孤零零地居住在这儿了。

小伙子轻轻走近屋檐下的那扇歪歪斜斜的门，举起手叩响了门。木门吱呀一声，从门里探出一张满是褶痕的脸。脸的主人头发卷曲而蓬乱得像一个鸟窝，眼神昏暗，一身旧衣衫好久没有洗了，早已油光湛亮。他嘴里还在咀嚼着什么，打量了来人一眼，从咀嚼着食物的嘴唇里艰难地迸出一句话来："李书记哟，进来坐。"被称作李书记的小伙子就是我今天采访的主角李安义。李安义进了屋，见竹楼下的厨房里早已有几处漏雨的地方被主人用脸盆和水桶安放在那里接雨水了，所剩干燥的空间寥寥无几。满是灰尘的灶台上还放着一盆热腾腾的菜和一只盛了半碗饭的土碗。一台旧电视机躺在屋脚的木柜上自顾自地叽里呱啦怪叫着。"王叔，都十点钟了，你咋才吃早饭呢？"老人憨憨地一笑，回答道，"落雨天，多睡了一会儿，所以……""怕不是哟。我听乡亲们说，你经常半夜看电视，晌午还在睡大瞌睡呢。"李安义这么一问，老人黝黑的脸上显得有些局促不安。

"噢，对了，我前几天给你的几十只鸡仔呢？"李安义追问道。"死……死光光了。"老人嗫嚅着回答。"死光光了？那尸体呢？活着见鸡，死了见尸。"小伙子神情严肃地逼问道。老人红着脸说不出话来。"你太不像话了。"李安义神情有些激动，鼻子酸酸的，颤抖着说，"给你鸡仔叫你养，你嫌麻烦要拿去卖，真是不可救药！"李安义想骂娘——终于没有骂出来，他知道，这个叫王培元的老头已经是几十年的老贫困户了。以往年年扶，依旧年年贫，主要原因还是太懒。据说，王培元原本有老婆和一个儿子，结果因为他太懒，老婆孩子受不了，纷纷弃他而去，各自谋生计了。而他依然如故守着贫穷，日子弄得一塌糊涂。前几天村上才为每户扶贫户购买了几十只鸡仔，让他们自己去发展养殖业。别的贫困户都信心百倍地领回鸡仔细心饲养着，偏偏这糟老头嫌麻烦，竟将鸡苗拿去卖了。看着李书记有些愤怒，王培元瑟缩着，不敢吱声。李安义接着说："瞧瞧你居住的这地方成什么样子了嘛。四面通风，屋顶漏雨，这哪里还是人住的地方？"

"今年有建房项目吗？"见李书记口气缓和了，王培元试探着问，"如果有，李书记，我修，我马上修。"王培元嗫嚅着说。"怎么？睡醒了？去年叫你修你不修。"其实，李安义等这句话已经等了很久了，李安义趁势对他说，"可是我对你不放心。这样

17

吧,明天我派人给你运材料来,派工程师傅来给你修,你必须立即把你的这些家什收拾停当,寄放在周围邻居家。明天工程师傅就要来拆房子。""是,是,是!"王培元唯唯诺诺地应道。

这头事情还没有安排完,李安义的电话又响了,原来是杨村长打来的。"喂,我们派给王军养的那头牛崽死了,好端端的死了。"杨村长在电话里说。死了?当初那么健壮一头牛崽,叫他给喂死了?真是佩服。李安义吃惊不小,操起雨伞,走出木门,踏着泥泞的小路回到他的小车里,又开着车往贫困户王军家奔去。

在杨树湾门口的小山包上,一座新修的楼房前早已围满了一群人。大家正在蒙蒙的细雨中冲着一位五十上下、头发蓬乱的男子指指点点。那男子蓬乱的头发早已被雨水湿透,眼神呆滞地站在那里,任由人们指责却一言不发。李安义停好车,三脚两步走到跟前,见眼前横躺着那头牛崽——它已经骨瘦如柴地躺在地上没有一丝呼吸了。"你真是生得伟大,死得窝囊哎。"望着眼前可怜地死去的牛崽,李安义叹息着。望着远山,李安义含着眼泪思绪万千:像王培元、王军这样的贫困户,在村里占了相当一部分,他们不是缺乏劳力和身体病患,也不是家庭负担重,最根本的原因在于思想懒惰——长期的依赖心理使他们产生了惰性,以至于连几只鸡、一头牛都养不活,这脱贫攻坚的难度有多大啊!如果这一部分人不从思想上解决依赖心理,从而自力更生脱贫致富,这场战役怎么能打赢?

有了,李安义忽然灵光一闪,想起了一个人。他突然回过头,对木立在那里的王军说:"走,跟我到石屏九组去一趟。"王军如获大赦一般，赶忙跑进屋，胡乱洗了一把脸，急匆匆地跟着李安义上了车。车子在一个小竹林边停下了，沿着几十米小路走进了竹林边的那户人家。整洁的院坝，新修的小楼房窗明几净。门框上贴着喜庆的对联。堂屋的木门半掩着，从屋里传出了主人爽朗的笑声。

"周叔，您吃午饭了吗？"李安义刚走进院坝就老远招呼道。主人笑盈盈地迎了出来，招呼道："李书记来了。屋里坐，屋里坐。"把李安义他们让进屋里，主人又是敬烟，又是奉茶，显得格外亲切，只是简单的招呼就能显现出与王军他们很大的不同。大爷叫周邦树，他因幼年时遭受意外烧伤了一只手，落下了残疾。到了老年，只收养了一个女儿与他相依为命。由于女儿正在兴文县城读高中，他又带有残疾，劳动不便。要说之前，他也是建卡贫困户，可是这位老人抓住国家扶贫攻坚的大好机会，身残志坚，凭着自己坚强的意志，硬是在2014年利用自己的责任地种植了5亩蚕桑。2015年起，他开始养蚕，每年养殖两张蚕种，创下了上万元的收益。2016年，精准扶贫政策实施以后，通过扶贫工作组的启发，他开始养殖土鸡，还养了一头种母牛。2016年底，他的300只土鸡顺利出栏，加上养蚕的收入，当年就创收30000多元，当年就摘下了贫困的帽子。"感谢党和政府的关怀，感谢李书记的支持。"周邦树由衷地说，"要是没有党和政府的扶贫政策，我的女儿升学和我的生活前景堪忧。""这也与您的勤奋分不开。"李安义意味深长地说，"再好的政策，再怎么扶持，如果自己不努力，也是白搭。只要人勤，黄土都会变成真金。"坐在一旁的王军羞红了脸。

"新进的这批鸡苗长势还好吧？""嗯，还好。"周邦树说。鸡场里，几百只小鸡正快活地低声吟唱着，精神饱满地进食。

"今年，他们又可以为您创收上万元。"周邦树笑盈盈地点了点头。接着他又领着他们参观了他的养蚕室——井然有序的蚕架上，胖嘟嘟的蚕儿正躺在蚕床上大口大口地吃着桑叶。"看到了吧？这就是摆在眼前的摆脱贫穷的致富路。"李安义回过头对着王军说话。王军低着头嗫嚅着说："李书记，真是对不起，以后一定在你们的指导下好好地靠自己的双手自力更生，勤劳致富。"

"这就对了嘛。"李安义说，"你看人家老周叔年龄比你大，手又不方便，体力也不如你，他能做到的你也能做到呀。"王军暗暗下决定：自己也要养鸡，我也要摆脱贫穷这个恶魔。

李安义本来是可以坐在大城市舒适的办公室里的，2015年，中央扶贫办脱贫攻坚战略规划实施以后，宜宾市卫计委接受了定点扶贫兴文县周家镇石屏村的任务，2016年初，宜宾市卫计委开会讨论，决定派遣他到石屏村负责这项艰巨的任务。

"我能行么？"在市卫计委办公室里，李安义面对领导找他谈话时说，"我从部队回来就一直在妇幼保健院办公室工作，没有基层工作的经历呀。"领导微笑着，拍着他的肩膀说："你还年轻，农村是一个大熔炉，单位派你下去历练，一来是增长你的基层工作经验，二来是党相信你能完成这项重任。"踌躇了一会儿，李安义抬起头，面对领导期待的目光，缓缓地说："我个人倒没啥。"走出卫计委办公室，李安义一路沉思着：父母都已年过五旬，疾病缠身；儿子才四岁多，正是需要父爱的时候；妻子既要当好护士又要照顾老人和孩子，我这一走，岂不是更加加重了她的负担?

李安义忐忑不安地走进了家门,妻子早已笑盈盈地迎了上来,面对娇柔可爱的妻子,李安义不敢隐瞒什么,只好将领导的意图和自己的顾虑一五一十地同她讲了。"你是一名党员,应该服从组织的安排,现在正是组织需要你的时候,你不要因为生怕拖累我而拒绝组织的派遣。放心吧,老人和孩子我会照顾好的。"

想不到妻子竟如此深明大义,李安义紧紧地拥抱着妻子。3天后的早晨,李安义打点起行装,匆匆吃罢早饭,恋恋不舍地亲吻了还在熟睡中的儿子的小脸颊一下,作别了父母,再三叮嘱妻子,踏上了履职驻村第一书记的路。才过完春节不久,山区的天气在小雨中透露着深深的寒意。车子过了小村河,便驶入了石屏村境内。正在修建中的周双路,才刚刚有一公里水泥路,从小村河通达小村学校。他在村办室前停下车的时候,周家镇的政府领导和石屏村三职干部早已等待在那里迎候他了。这一天恰好是石屏村开年以来的第一次村组党员干部会议。会议的主要内容也恰好是部署脱贫攻坚任务。

当李安义进入会议室,在政府领导向前来参会的村组党员、干部介绍起他就是来自宜宾市妇幼保健院、受市卫计委派遣前来担任石屏村第一书记,具体负责扶贫工作的时候,他迎来的不是掌声,而是台下的一阵阵窃窃私语。"才不到30岁,而且仅仅是妇幼保健院的一名普通工作员,他能行么?怕是有点儿'张老师教书'哟。""现在的干部,多半是派下来走走过场、混混资历的,不过是为了日后升官找一个台阶而已。"这一阵窃笑才止,那一阵议论又响了起来,"大城市里来的年轻人,怎么会在这偏僻的山旮旯呆得住嘛。""扶了这么多年,不仅没有扶起来,反而越扶贫困户越多。"有的党员干部面露愠色地说,"如果扶贫还是做做表面文章,干脆不要浪费国家的钱。"说着,大家就有要离开的打算。面对群众的质疑,李安义感到心底一阵阵凉意——他想不到初来乍到就会碰到这样的"钉子",心里不禁打起鼓来:难道我当初选择来这里是错的?他嘴里并没有说什么,而是默默地坐着。

"安静。"村支部杨书记宣布道,"现在我们开始开会,现在先量一量我们的家底。"杨书记接着说,"2015年,我们全村人均收入为4374元,目前全村共有建卡贫困户89户,占全村居民总户数的18.9%,贫困人口380人,占全村总人口的18.8%。这些贫困户中,目前有44户尚未完成改建平房、楼房,其中需要新修房屋的有32户,需要进行危房改建的有12户……"李安义认真地听着,默默地记着。他知道摆在面前的任务异常艰巨,一向不服输的他暗暗下决心:一定要把这项工作干出色,才好给人民一个满意的答复。他眺望着窗外雨雾中群山环绕下的这个村庄,心里暗暗地说:我一定要征服你。

从镇、村干部的介绍中,他知道这个村庄位于兴文县西北部与长宁、珙县交界的地方。距离县城78公里,距离周家镇政府所在地10公里左右,平均海拔高度1000米左右,是一个典型的以农业和林业为主的偏远、贫困村。是石屏村还是实贫村?开会的人们渐渐地散去了,只剩下杨支书陪着他一起收拾住宿的屋子。他一边收拾着行李,一边回想着出发前夜母亲的叮嘱——农村的人民淳朴、善良,他们最需要的是贴心,如果你真心对他们好，处处替他们着想，他们就会尊重和信任你。

他对身旁的杨支书说："下午我们一起去走访贫困户。""啊？"杨支书有些惊讶，想不到新来的第一书记办事如此雷厉风行，马不停蹄就要去探望贫困户，随口应了一声。

车子从村办公室出发，穿过正在修建中的周双路泥泞不堪的路面，他们向周、双交界的石屏村二组行驶。"前面就到第一家了。"杨支书说，"这家是郭组长的兄弟。"

走进院坝，一座四进三间的平房呈现在眼前。平房外表积满了尘灰，粗糙的水泥砖外表，石粉颗粒依稀可辨——虽然房子已经修建好几年了，但一直没有装修。走进屋子，四个灰头土脸的孩子正在烤火房里的回风炉旁边嬉戏着。看到来了陌生人，他们脏脏的小脸上透露出惊疑的神色。"爸爸呢？"杨支书询问道，孩子们立即蹦跳着跑到邻居家叫他们的爸爸。

不一会儿，一位四十来岁的中年汉子出现在他们眼前——黝黑的脸庞布满了饱经风霜的皱纹。当得知来的就是负责扶贫工作的第一书记时，中年汉子忙笑着把他们请进了烤火房，然后敬烟、倒茶。交谈中，李安义得知，眼前的这位中年汉子叫郭志刚，是近几年才被确定为建卡贫困户的。致贫的原因主要是家里有四个子女，目前都在读书，妻子生病欠债。大的两个女儿已经在正上读初中了，小的两个儿子正在村里念小学。前两年，他的妻子又因病做了两三次手术，花费了上万元。李安义告诉郭志刚："今年起，建卡贫困户孩子入学可以享受全免费了。"郭志刚万分感激地望着李安义，低声地说："那真是太好了。""政策正在制定中，即将落地了。"李安义一边说，一边将郭志刚家的基本情况记录了下来。

走出郭志刚家,他们又来到贫困户代林千家里。代林千家有两个女儿,都因打工结婚在外,几年难得回来一次。老两口七十来岁无人供养,仍然相依为命地栖居在上世纪七十年代修建的老瓦屋里。"老代叔,赶明儿我就派工人来给你修建房子,您乐意吗?"李安义亲切地告诉他。"修房子?"代林千掉了牙的嘴里迸出一句惊讶的语言来。他想不到眼前这位年轻小伙子居然道出了他一个梦寐以求的愿望。"可是,我的房子还勉强能住呀。"代林千仍然有些不敢相信眼前这个年轻人,惊疑地说,"目前我们老两口劳力弱了,哪有力气修房子哦。"

"您只需给工人们烧点茶水就可以了,余外一概由我负责。"李安义肯定地告诉他。这位饱经风霜的老人激动得紧紧地握住李书记的手,哆嗦着嘴唇,一句话也说不出来,泪水早已噙满了眼眶。多么淳朴善良的乡亲啦。从代林千家出来,在赶往王华康家的路上,李安义心里感叹着,暗暗决定:一定要让他们改变居住环境。

就这样一户一户实地走访,整整忙活了一周,李安义终于摸清了全村89家贫困户的"家底",主要是这样几类情况:一是像郭志刚这样的因家庭负担过重而致贫,二是像代林千那样的因年老体弱而致贫,三是像王华康家因严重疾病而致贫,四是像周邦树因残致贫,五是像王培元、王军因懒长期贫困。

情况摸清了,李安义立即马不停蹄地着手写汇报材料,向上级部门请求支援,现在,他更清醒地意识到,这场"战役"不简单,必须要有强劲的后方支援,才有决胜的把握。李安义的材料交上去以后，市、县、乡镇部门高度重视，他们立即抽调干部，组成了脱贫攻坚联合党总支和驻村扶贫工作队，工作队的人员进村落户了，运建材的货车也进村来了，大批大批的建筑工人进村来了……

挽起袖子，李安义亲自动手帮忙搬砖、运水泥。俊逸的脸庞满面尘灰。他顾不得休息，渴了就喝一口山泉水，饿了就躲在角落里嚼几块自带的饼干……他的手已经不再是刚走出办公室时纤嫩的样子，手掌中磨起了厚厚的茧。"李书记，你歇一歇吧。"建筑工人们对他说。"工程进度有时间限制，不能耽搁。"李安义抖了抖身上的尘灰说，"我的工作比较忙，难得亲自参加一回劳动。"

人心都是肉长的，李安义的行动感动了这些贫困的乡亲们。他们对他也像家人一样亲热起来。他们说："李安义也并没有因为是干部而对我们颐指气使，反倒是每一次来做思想工作都是很平和地'大爷''大叔''老哥''小弟'一样地称呼我们。我们能有这样一位好书记，还有什么理由不去改变自己的处境呢？""他是我活这几十年以来见过的最好的干部。"站在自己的新房子前，代林干感慨地说，"他对待咱们贫困户真的比亲人还亲呀。"

李安义告诉我："我就是这样用行动来感化他们的，事实上他们并不是人们想象中的那样顽固不化，只要你走进他们的心灵世界，设身处地为他着想，就会获得他们的尊重和信任。"李安义还说，"最让我感动的是，有一位贫困大爷常常深夜里还给我打电话嘘寒问暖，有时候真让我无言以对。"

在李安义的强力推动下，到 2017 年 10 月，石屏村 32 户贫困户的住房新建工程全面完工，12户贫困户危房改建全面完工。每一处工地上都洒下过李安义的汗水和心血。

乡亲们有了安定的居住环境还不够，还得让他们的腰包鼓起来，资助永远是治标不治本的，必须得给他们寻求一条可持续发展的出路，使他们具有稳定的经济来源。他的构想得到了扶贫工作队的认同，他们终于通过努力争取到了项目和资金。在石屏村九组搞起了试点：石屏村九组居民周邦树因残致贫，而他又极有上进心。鉴于这些情况，他亲自开车到集市上为因残致贫的村民周邦树购回了300余只鸡苗和一头种母牛。再依托周邦树之前发展的5亩蚕桑，李安义认为，如果对这位"坚强叔"稍微加以技术指导，他将会如期脱贫。树立了典型，就会增强贫困户依靠自己脱贫致富的信心。"周邦树那么大的年龄了都能办到的事，我们一定也能办到。"那些因家庭负担拖累而致贫的新贫困户认为。

2017年年初，好几十户贫困户主动提出了发展产业的构想。李安义综合分析了他们的家庭情况和居住地的地形地貌，决定鼓励海拔较高的石屏村四组、十一组、十三组的这部分贫困户发展养殖业。对于海拔相对较低的其他村民小组贫困户，他鼓励他们大力发展蚕桑种植。在产业发展过程中，李安义还指导他们如何向上级部门申请小额贷款、解决资金问题。并多次组织这些发展产业的贫困户参加村上的农技培训，请县农业局的农技师亲自到现场为他们讲解种植、养殖技术。

如今走进石屏村，整个村容村貌改变可大了，周双路石屏村路段6.5公里水泥硬化路面全面竣工并投入使用；石屏村一、二组3公里水泥硬化路全面竣工，石屏村十三组水泥硬化路全面竣

算账

工,石屏村六、七组1公里产业路修建完成;石屏村大丫口至沙子坎段5公里毛坯路建成;石屏村四、五组连通路4公里水泥硬化路面将竣工;全村连户路15公里建成。1个水厂、38个水窖、50000米管网顺利完工,全村农网升级改造完成;全村宽带全覆盖。村级党群服务中心、村卫生站、文化站、便民服务中心、矛盾调解中心已焕然一新。

产业发展上也取得了重大突破,全村种植蚕桑3000亩,发展方竹2000亩,另有花卉种植基地一个;肉牛基地一个,养殖量近100头;全村养殖生猪约2500头,养殖乌鸡近10000只;冷水养鱼基地2个。李安义在脱贫攻坚中交出了一份群众满意的答卷,为石屏村的脱贫致富奔小康写下了浓墨重彩的一笔，2017年10月30日，这将是石屏村人民永远值得纪念的日子。全村78户贫困户实现全面脱贫。年底，石屏村整村退出贫困。石屏村从此摘下了"省级贫困村"的帽子。未来，全村人民将沿着优化产业结构，协力奔小康的道路前进。

李安义含着眼泪告诉我：两年来的几百个日夜，一直奔走在石屏村的田间地头，一直奔走在贫困户的檐前屋下，一直奔走在为村民脱贫致富筹划资金的路上……早就"忘了"家庭，忘了自己，有一次，从宜宾开会回来，在高速路上差点出了意外……所有的付出，我无怨无悔，只有老百姓在心底里认可我们是实扶贫，扶实贫，我们的工作就算做到心坎上去了，说到底，我们就是要让老百姓认可党中央、国务院和各级党委政府的扶贫政策，并且得到真正的实惠。

三、痛点转化成幸福点的"点穴手"

一路风景迤逦，这是个接近"世外桃源"的所在。青山如黛，溪流潺潺，对面的山坡上有着大片的林木，那是农户家中难得的长期投资的资产，一般情况下不是为了修建新房或者婚丧大事是不会砍伐的。有一些虽已被砍伐，露出的却不是黄色的山体，依然是绿色的灌木丛，新种下的树苗也在顽强生长。山腰的凹陷处有着一大片成半月形的竹林，嫩绿与墨绿的颜色交杂，如果郑板桥在这里，应该会画兴大发吧。竹林环绕之中散落着几户人家，木墙黑瓦，破败沧桑，周围是一块块的菜地，种植着玉米和蔬菜，这片土地就这样滋养了世世代代的农民。终于在这个阶段，外界的目光到达了这里，要把他们宁静但贫困的生活加以改变。

　　公路坡度太陡峭，穿着皮鞋走路的两人在山谷里面踩出片片回声。很快的我的脚趾上就打出了水泡，走得生疼，看来这个宁静的地方对外来者并不友好。走到山腰处居民点的时候，看到路边停放的一辆电瓶车，仿佛在嘲笑我们这些不敢奔驰在山路上的胆小鬼。到达农户家里，首先看到的是石块铺就的场坝。这个家庭的场坝只有一半铺了石块，另一半则依然是泥地，杂草顽强地在上面生长着。农户家的房子下半截是传统的木墙，上半截则应该是用竹子扎好后糊上泥巴的墙壁。门口放了两个石墩充作板凳，或者充作石狮子，因为旁边放了几个胶板凳，我也不太确定石墩的用处了，留在家里的老奶奶在旁边的地里做着农活，看到我们的到来，向我们走了过来。

　　靠山吃山，是我们中国人经常挂在嘴边的一句话，几千年以来，不知道有多少人，都是这样一代一代地走过来，兴文县大河苗族乡峰岩村的村民也不例外，穿过狭窄的"一线天"，站在峰岩村"石李桃花"的山坡上，全村地貌尽收眼底，在蓝天白云的掩映下，成片李树、桃树郁郁葱葱，正在果园里劳作的村民和错落有致的岩石构成了一幅生动的乡村画卷，当地村民感慨万千："要想在石头缝里种出果树，村里人付出了很大的努力。"很难想象，如今长满果树的山坡，两三年前却是长不出庄稼的荒山石岭，光秃秃的，村民胡运柱兴高采烈地告诉我："想当初，这一片地就如同是一个病人的身体，奄奄一息的，多亏了我们的第一书记罗剑秋，他下手狠，找准穴道一招点下去，痛点变成了幸福点，让我们村在短时间内恢复了健康和元气，并有了今天的发展"。

2015年7月，罗剑秋由县委机关选派到峰岩村任"第一书记"，来之前，尽管他已经做好了充分准备，但还是有些犹豫，因为他常常听到身边的一些人讲："扶贫不是人干的活，累死累活还得不到赏识。"就算脱一层皮，掉几斤肉也无所谓，罗剑秋担心的主要还是干不好工作，既然组织信任，安排下去，如果事情没办好，怎么向组织交代？作为最早一批被选派到贫困村的机关干部，罗剑秋开始的工作就是摸清村情，就是要搞明白村民发展难题是什么？最需要的是什么？兴文县大河苗族乡峰岩村辖区面积7.64平方公里，海拔600~1000米，以喀斯特地貌为主。辖7个村民小组，248户926人，其中苗族210户854人，占全村人口的92.2%，是全省苗族人口比例最高的行政村。全村贫困户65户263人，贫困发生率28.4%。峰岩村被关闭在一个"山谷里"，有点一夫当关万夫莫开的味道。

罗剑秋沿着蜿蜒的山路第一次前往宜宾市兴文县大河苗族乡峰岩村。随着山越来越高，路越来越陡，两块高耸的石头夹缝里穿过去的那段路，让人感到害怕，罗剑秋心里的疑惑也越来越大，在驻村日记里，他写下了这样一段话："说实话，我没有想到峰岩村还这么闭塞，公路最近才开始硬化，电压也不稳，手机也没有信号，更谈不上什么互联网网络，特别是了解到还有群众住在岩壁里，我内心也相当沉重，改革开放几十年怎么还有这么贫穷的地方"？他又接着写道，"哪怕路再远，只要心里装着他们，走起来就会充满力量，就会饿了也不觉得，渴了喝一口路边的山泉水也心甘情愿，成绩是干出来的，不是纸上写出来的。我要把工作干好，不说别的，报答一下自己走这么远的路吧。"

为了彻底掌握村里的基本情况，罗剑秋到任第一天就和村两委干部挨家挨户走访，到了夜深，还在与村民聊天，详细了解每户村民的家庭情况，灯光下的絮絮叨叨，胜过大会小会的大呼小叫，"春风化雨，润物无声"，村民们把他团团围在中间，这不是苗家的篝火歌舞，而是罗剑秋在给他们宣讲"一达标，两不愁，三保障"扶贫政策，还有对第二天村容村貌整治的动员，通过他的深入细致的工作，村民们纷纷表示，无论男女，还是老幼，都要将工作落实到行动上。不到20天时间，罗剑秋不仅走遍了峰岩村的家家户户，深入贫困户家中，询民情，访民意，问民需，而且还自给自足，一个人在村委办公室门前种上了蔬菜，他舍小家为大家，把妻儿、父母放在家里，自己却扎根在峰岩村，把村里的事当做自己的事，把群众的难题当做自己的难题。

在罗剑秋参与推动的无数事情中，最令当地老百姓佩服的就

深入贫困户家了解困难情况

是他作为第一书记,努力争取到国家"花血本"对村子这种石漠化环境的治理恢复。峰岩村的石漠化治理,是兴文县认真规划、合理布局石漠化综合治理工作的一个缩影。自2008年兴文县被列为石漠化综合治理县以来,已治理老龙湾流域、晏江河小流域等8个小流域9个乡镇90个村,治理岩溶面积274.5平方公里,其中石漠化面积136.51平方公里,极大改善项目区生态环境以及实施区域内群众的生产生活条件,该县还以"大规模绿化兴文行动"、"十万农户种百万棵树(竹)"等活动为载体,全力抓好造林绿化,全县森林覆盖率高达51.39%。如今在峰岩村流行这么一句话很鼓舞人心的话:"能够使石头上长出树开出花,难道还不能如期脱贫吗?"

峰岩村整个村子地形呈"扁担"形,山多谷深、地势崎岖,基础设施薄弱,解决行路难、饮水难、用电难、通信网络难的"四难"问题,是峰岩村发展最迫切的需要。"要实现峰岩村的脱贫奔小康,首先要提升基础设施建设。"摸清情况后,他立即使出自己的"点穴"法，把解决"四难"摆上了议事日程。首先是修通"致富路"。2013年底以前，峰岩村无硬化公路，仅有一条晴通雨不通的泥泞便道，"出行靠双腿，运输靠肩挑"的现实给村民的生活带来了很大的不便。2014年开始，特别是罗剑秋到村工作以来，峰岩村通过整合通村通畅、幸福美丽新村等项目，新建村组道路16.7公里，实现了7个村民小组通硬化公路；高标准整治组道4公里；安装公路安全护栏4363米。

其次是解决饮水难。峰岩村大部分属于喀斯特地形地貌，"地上水贵如油，地下水滚滚流"是它的真实写照，如何解决村民的生产生活用水？这几年以来，峰岩村连续实施了农村人饮工程、农村安全饮水工程，全村新建水站一个，集中新安装管道10.3千米，目前，全村248户926人全部用上了自来水、山泉水、水窖（池）水，甘冽的泉水滋润着山里人的日子。

啃掉用电难"硬骨头"。通过第一书记罗剑秋的努力，争取到农网升级改造项目，总投资220万元，将该村老化的变压器、电杆电线全部更换，并且优化了电线布设。如今，夜晚的电灯在山间闪闪烁烁，恍如天上的街灯，远处近处的蛙声、鸣虫声此起彼伏，要是静静坐在哪家院子里，又是一个多么美妙的夜晚啊。

诵信网络难问题得以顺利解决。峰岩村地理位置偏僻，2015年前仅有联通信号，通信信号较差，盲区较多，且没有通宽带网络信号。针对这一情况，2015年下半年，乡党委、政府争取了县移动公司通信工程和县电信公司网络工程项目，新建移动基站一个，重新架设电信线杆，建设电信网络，目前，已全面投入使用，解决峰岩村通信难问题的同时，也结束了峰岩村无宽带网络的历史。

尽管他已经使出浑身的力气，还是有"咬咬"却在背后议论，罗剑秋再厉害又如何？"要是他能使'刘矮子'这些人致富起来，到时候我在手心里炒鸡蛋招待大伙。"隔墙有耳，举头三尺有神明，老天爷就是要让奇迹发生在"刘矮子"身上。现在，大伙都不敢再叫"刘矮子"了，而是叫他"牛人"，是的，谁也再不敢像过去那样小看他了，可在几年前，他却怎么也"牛"不起来。他叫刘江，是兴文县大河苗族乡峰岩村六组的苗族村民，当地养牛专业合作社理事长，刘江的老家峰岩村基本都是苗族，周围除了山还是山。每次去乡里办事，得翻3座大山走20多公里的"鸡肠小道"。刘江家里一共4口人，母亲是民办教师，家庭条件稍好一点，但日子仍然十分艰难。2002年，考上了高中的刘江，面对家里的现状，一狠心，烧掉了录取通知书，外出打工。15岁的刘江到山西一家暖气片厂当挑沙工，或许是下力太早，打工后的刘江就再没长个子了，工友们开玩笑时都喊他"刘矮子"。刘江不在乎别人怎么称呼他，只想老老实实干活挣钱，让家里的日子好起来。可是，日子并没有越来越好。2014年，父亲因病去世。屋漏偏遇连夜雨，母亲干农活被毒蛇咬伤久治不愈，妻子也因为劳累过度，病倒在床。不到一年，家里又添了几万元的债。在外挣钱的刘江只能回家。守在家里，没了挣钱的门路，刘江又愁又急，差点跳进河里了结自己的生命。

就在刘江万分绝望的情况下，精准扶贫给他吹来了春风、带来了希望。一天，村里新来的第一书记罗剑秋来到刘江家说："刘江啊，你还年轻，要振作起来，国家对你这种精准扶贫对象，有许多优惠政策。你在牛场打过工,我们村又适合养牛,我觉得你可以喂几条牛,拿出苗家汉子的气魄来,不要被眼前的困难吓倒了!"罗书记的话,像给刘江打了一剂强心针。说干就干,通过驻村工作队协调,刘江攒足了6万元,第一批买了8条肉牛,办起个家庭养牛场,满怀信心地想在短时间内把债务还掉。可事与愿违,那8条买来时油光水滑的牛,三个月后就变得黄皮寡瘦的了,好几次,因为酒糟喂多了差点死掉。眼看旧债未还,又添新债,急得刘江只能去求助罗剑秋。"碰到点困难就退缩,哪像个条汉子?你不要着急,我这就给县里联系,把最好的兽医给你请来。"

几天后,来到刘江家的,居然是"中国十大杰出兽医"尹华江。尹老师手把手教刘江给牛看病打针,讲解怎样科学喂养。接下来的日子里,刘江边干边学,渐渐地掌握了养牛技术,管理也跟上了。半年后,养牛场有了近两万块钱的利润。更令人高兴的是,母亲和妻子的身体也逐渐好起来了,妻子帮他管理牛场,母亲被聘到村幼儿园上课,一家人的日子慢慢好了起来。

2016年初的一天,养牛场来了一群人,其中有个人对刘江说:"小伙子,挺能干的嘛,把牛喂得膘肥体壮的。"经介绍后刘江才得知和他说话的是省里的领导。省领导走时,特别给罗剑秋叮嘱:"这个年轻人有干劲,一定要大力支持,帮助他先富起来,并带动其他人一起富!"罗剑秋回答领导:"他是我的'亲戚'呢。"罗剑秋攀穷亲戚的消息很快就在外面传开了,一些外村第一书记也学着这种模式,开展结对帮扶,取得了很好的效果。

在罗剑秋的帮助下,刘江联合村里另外5个养牛户,利用精准扶贫的产业周转金和产业扶持金,建起了一个标准化养牛场,成立了上峰养牛专业合作社,大家推举刘江当理事长。不到一年,合作社就有了20万的利润,几个合伙人一下子甩掉了贫困户帽子。现在,刘江家已经喂养了40多头牛,其中有几条母牛快下牛崽子了。守着家人靠养牛也能挣到钱,刘江从心里感谢党的精准扶贫政策。看到还过着贫困生活的邻里乡亲,想着罗剑秋对他讲的"要带动其他人一起富"的话,刘江动起了心思。他把几个合伙人找来商议:"现在,村里的贫困户就我们少数几家脱贫了,我们要动员那些还没找到致富门路的贫困户加入合作社,这样既能让我们村养牛规模扩大形成产业,也能让更多的人富起来!"经过动员,村里有20多户贫困户加入养牛合作社,在大家的合作努力下,20多户贫困户都赚了钱。刘江从人们口中的"刘矮子"变成了一个"牛人"!可在他心里明白,如果没有党的好政策扶持,没有各级干部,特别是第一书记罗剑秋的帮助,就算是再努力,也"牛"不起来,"牛人"逢人便讲:"罗书记是真正扶我一把的人,滴水之恩涌泉相报。"罗剑秋回答他:"做好自己的老百姓,努力让自己尽快脱贫,不拖国家强大的后腿,就是对社会的最大贡献,对一拨又一拨扶贫干部的报答;你们富起来就是对我工作的肯定,就是对我最好的报答。"对于罗书记的大力帮助,"牛人"是这么说的:"毕竟我们都是人,人家真心对我,我心里温暖了,肯定会记住的,他给我们做过的一件件好事,哪怕只是指头大小的,虽然可能不会记录在笔记本上,但会——记录在心上的,即使我们无力报答,但我们也懂得知恩图报"。

指导生产

"适度规模的养牛就是我们现在发展的主要产业,虽然现在我们刚刚起步、我们还面临很多问题,但是只要大家能增收,再难再苦我们都要干出来。"回忆起合作社刚建设时,罗剑秋说道,"我们开始时,带着村里干部想买到好的'架子牛'。就是找那种骨架大、能多长肉、能卖好价钱的架子牛。讨价还价,经常一买就是一整天。""建厂时从牛的水槽建多高多宽的小细节到牛粪如何处理的大问题,都是我们一点点慢慢摸索出来的。""大河里有水,小河里满。村集体发展了,才能帮衬着大家过得更舒坦,才能给大家找到'票儿'赚!"村长告诉我们,这就是罗剑秋书记经常给他聊的几句话。"牛满栏、草满坡,这就是能让老百姓看到的实实在在的'改变'!""只要村民能'好',只要村里的面貌'今天能比昨天好',我们干起来就有劲头,群众才更有奔头。"

原本与村民非亲非故的罗剑秋,却在峰岩村一次又一次地攀起了穷亲。

去罗大娘家开展工作时是不愉快的,罗大娘是易地搬迁户,但年底房子修好后,70岁的老人却说什么也不肯搬离老屋了。罗剑秋第一次去劝她搬家,她却给了罗剑秋几个大白眼,不管怎么样给她讲政策,结果就两个字"不搬",罗剑秋只好心中带着不快悻悻离开。回来后,罗剑秋静下心想想,一个跟自己母亲一样的农村老人,要想让她离开住了一辈子的地方,是有点困难,该怎么办呢?罗剑秋想来想去终于想到了方法,不能只讲政策,还要用真情关爱去打动她。于是罗剑秋打起了"心理战",第二次、第三次去她家,绝口不提搬迁之事,只和她拉家常跟她拉近心理距离。见罗剑秋不再提搬迁的事,罗大娘也不再白眼他,而是和罗剑秋拉起了家常。原来,罗大娘的大儿子分家另过,小儿子死后儿媳改嫁,她带着小孙子一起生活,小孙子2018年就要上小学了。了解她的情况后,罗剑秋想到了说服她搬家的方法,利用她去镇上赶集的时候,借口巧遇开车送她回家,然后把她拉到新建的安置居住房,让她感受新居的优美环境,孩子上学的方便条件,耐心给她分析老房屋潮湿、不安全,不利于老人生活和孩子生长等情况,以及新居的各种好处。终于将她说动了,在规定的时间内搬了家。搬家后,罗剑秋继续关爱着老人,关注着她的家人。针对老人腿有残疾的情况,专门给她送去松软舒适的厚底布鞋。在得知老人的大儿子想发展种植业后，帮助他在县城联系购买了李子苗，并请懂技术的专业人员指导种植和管理，现在罗大娘大儿子试种的三亩李子已全部成活，并开始挂果。

贫困户李珍是典型的农村妇女，勤劳爽直。因为交通条件限制所以贫穷，对她的帮扶相对比较轻松。她与丈夫一起养了数十只鸡鸭，同时还养了2头母猪，每年至少能出售4窝仔猪，长年存栏5头大猪。由于猪价不稳，导致她家收入也不稳，有时对养殖信心动摇。罗剑秋便利用入户帮扶的机会，对她进行开导和鼓励。在她家存栏鸡鸭和猪必须出栏出售，又遇价格不好的时候，动员自己的亲戚、同学给予高于市场价认购，以保证她养殖的鸡猪能够有一定的利润。罗剑秋说告诉我："我刚接手帮扶她家的时候，她总称呼我'领导'，尊重中夹着生分，现在她总是称呼我'老表'，因为我跟她母亲同姓。遇到什么难事，也会毫无违和地给我这个'老表'打电话咨询商量一下。"

"当然我们也不能为贫困户包打天下，让他们把我们当成奴隶当做牛马，我们要对他们有所为有所不为，力所能及。"罗剑秋对自己的扶贫有自己的底线。"我家做梦都没想到，自己只花了一万多元，就能搬进100平方米的新房，楼上还有一个大阳台呢。"走进刘文成的家中，说起去年搬进的新房，他满脸笑意地向我们介绍，他们一家四口常年在外务工，老家的房屋年久失修，早在7年前就不能居住了，"每年回来过春节，就在亲戚朋友家里住。现在有了好的政策，让我们搬进新房，全家人在新房里过了一个团圆年，觉得很满足。"罗剑秋告诉我们："集中安置是个好东西，谁不喜欢住好一点的房子？但是，老百姓延续了千百年的种养不方便了或者可能从此终止，这样，他们愿意搬过来住吗？千万不要以为是他们享不来福，他们也是迫不得已，像在安置刘文成这样的搬迁户过程中，我们坚持从实际出发为他们排忧解难，既考虑了方便生活，又考虑了保证生产。"

"以前，我家 10 亩地全部是种玉米，因为石头多产量特别低，附近年轻人都外出打工，剩下的老人也不愿意种，很多地方都成了荒山。"正在果园里干活的村民熊飞回忆起当初的生活，连连摇头。"现在我把我的土地流转了来种李子树、红椿等，每年土地流转费用有一千多，我和老婆也在合作社干活，一年下来至少有五六万收入。比以前种庄稼好多了。"目前，峰岩村"石李桃花"占地 1500 亩，其中李子 1300 亩，桃子 200 亩。今年已经部分挂果，预计 2018 年进入丰产期后可年产高品质桃李水果近 200 万斤左右，产值将达千万元左右。"带动了 65 户贫困户增收，平均每户流转、务工、分红达 1.5 万至 1.8 万元。"

作为全省行政村中苗族同胞比例最高的村，峰岩既没有统一风貌，更没有体现地域的民族特色。如何通过文化的展示、居住环境的改善、生活习惯的改变来提振贫困户及全村群众的精气神？"改造房屋风貌，打造苗族文化村寨。"罗剑秋给出了答案。目前，峰岩村已完成房屋风貌改造 91 户。对农房墙壁进行手工绘图，已绘制富有本村特色的苗族图案 26 幅，并树立苗乡寨门，展示秀美峰岩。同时，大力实施绿化、净化、美化"三化工程"，让村民真正"养成好习惯、形成好风气"。建有办公室、服务大厅、农家超市、篮球场等为一体的党群服务中心，让群众"有事到阵地办理，无事到阵地休闲"。

回望峰岩村的脱贫之路，基础设施建设、产业发展、易地扶贫搬迁、环境风貌整治等一把把"钥匙"打开了峰岩村一道道贫困的枷锁；展望峰岩村的未来，住上好房子、过上好日子、养成好习惯、形成好风气的新风已然渗透在了峰岩村的筋骨脉络之中，业兴、家富、人和、村美的幸福生活愈发清晰。自脱贫攻坚开展以来，该村在基础设施建设、易地扶贫搬迁、环境风貌整治、产业发展等方面加大投入，2016年全村实现"一低五有"，人均收入达5257元，退出了省定贫困村。

罗剑秋被提名为首届四川"十大扶贫好人"候选人，他为全县党员干部开展精准扶贫工作带了个好头，在这样的荣誉后面，罗剑秋对家人其实也有丝丝的愧疚。说起家，他眼眶子发红："有的时候，特别是到了周末，或者说晚上的时候，因为我的孩子也才四五岁，家里也有老人，也很想回家，但是我们共产党人有一句话就是，'有的时候为了大家，必须舍我们小家'，我在想，虽然我暂时地对我的家庭照顾少一点，但是我的家人也会支持我的。"

罗剑秋和我边走边聊，在他看来：脱贫攻坚和精准扶贫不可能面面俱到，而是要找准穴位、靶向治疗，做到贫困的"痛点"在哪里，扶贫的"点穴"手法就应该跟进到哪里，就是要把"痛点"变成"幸福点"，才会让老百姓认可和肯定。否则，弄不好就搞成了事与愿违、劳民伤财的事情。

四、幸福村里奔忙的"背影书记"

天刚蒙蒙亮，鸟儿还没有醒来，鸣虫也好像也睡熟了，鸡犬都躲在角落里……这些统统没有动静，整个幸福村就都还是睡熟的，偏偏第一书记朱俊徽便再也无法入睡了，肩上扛着脱贫攻坚任务，能睡得着吗？朱俊徽推开房门，走到坝子里，沿着路往一组的方向走。空气是那么的清新，走了好远一段，山林间小鸟开始鸣叫了，声音是那样的清脆，突然间从山窝子里升起的雾笼罩着的小山村，原来竟然这般的幽静，而朱俊徽的心，却始终沉甸甸的，好像总有一块无形的千斤巨石，重重地压在他的胸口。肩上有担子，心中有压力，谁叫他是幸福村的第一书记？朱峻徽，男，汉族，33岁，四川兴文人，退伍军人，中共党员。2015年9月受组织选派从兴文县人社局到莲花镇幸福村担任第一书记。

　　幸福村位于莲花镇西部，东与莲花山村相连，南与大坪村相靠，西与水栏村接壤，北与龙凤村毗邻，处于玉莲路交通主干道旁，距离莲花镇人民政府所在地6.5公里。全村辖区面积9.6平方公里，16个村民小组，总人口660户2417人，其中贫困户135户475人，主要经济来源依靠纯农业收入和外出务工收入。朱俊徽担任第一书记以来，幸福村共硬化道路8.2公里、修建产业路4公里、连户路3.2公里、整治生产便道9.5公里、河道893米、山坪塘5口，新建水窖22口、水池10口、饮水渠道2公里，饮水管道安设8000米，16个组全部完成农网升级改造，危房改造67户、易地扶贫搬迁36户，新建村党群服务中心1个；同时带领全村发展竹木种植1500亩和党建脱贫示范项目稻田养鱼300亩，以上产业现已建成投产，户均增收2100元，同时，以上级划拨的60万产业发展扶持基金和整村推进到户资金为启动资金，创新集中管理分散经营，反租到户等模式带动全村37户农户发展蚕桑产业600余亩，为了便于种养规模发展，还专门组织成立了种养专业合作社。

召开院坝会

几年前朱峻徵从部队退伍回来，坚持做到了退伍不褪色，无论在县级机关还是到了村上，始终保持军人的作风和精神，村民管朱峻徵叫"背影书记"，无论风里雨里，无论在去镇上的路上、还是去村公所的路上、农户家的路上，随时都会看到他高大的背影，村支书告诉我："看着他高大的背影，我们就感觉到了脱贫攻坚的力量。"自2015年9月14日起，朱俊徵走遍了全村135户贫困户，亲自验收了每户贫困户的发展项目，与在家的贫困户人员拉过家常、摆过龙门阵，真正了解他们想些什么、需要什么，遇到了什么困难。通过实地走访，调查，一幕幕让人心酸的场景便又浮现在脑海之中……

"产业，搞什么产业！跟我走，你走！"

"还提产业？早些年柑橘不是挺好的吗？几百亩的柑橘产业呀，如今呢，哪里去了，不见踪影了。"

"朱书记，这不怪你，但是别提这些了行吗？提起就恼火。"

"你们还让我们村民如何相信村上？相信你哟！"

村民们你一言我一语，差点把朱俊徵的耳朵都塞满了，朱俊徵掏出随身携带的笔记本，上面密密麻麻地记载着，他三个多月走访贫困户以来的谈话记录，已经记不清自己是多少次这样被人话中带刺地骂了，朱俊徵本来自己才刚刚学会"剃头"，偏偏就遇上了这种有难度的，说不成就扭身便走了，可那不是朱俊徵军人的脾气。朱俊徵不属牛却是那种牛脾气，知难而进，迎难而上，在心里早就下定了决心：哪怕就是拼掉三层皮也必须啃掉扶贫这块硬骨头，扶贫工作干不好，坚决不下火线。"我们要幸福！"这是幸福村全村137家贫困户的心声，也是全村2417名老百姓的心声。幸福在哪里？幸福就在脱贫攻坚的路上，幸福就是苦尽甘来。那要怎样才能寻到幸福村扶贫攻坚的突破点呢？通过整理笔记，朱俊徵发现，躺在记录里的村民最大的愿望：竟有百分之七十以上的村民，都希望解决村里的交通。交通通，百事通，这是难点也是重点，必须优先考虑。

会议室内，出奇地安静。说到修路，这不仅是所有村民的愿望，更是所有村委干部多年以来的夙愿，如果容易，还轮得上朱俊徵来完成？大家心照不宣，如今的扶贫，说到底就是啃硬骨头，到了攻坚阶段，肯定不是一般人能理解的难，难在哪里？没钱，俗话说得准，"钱"字大盖头，揭不开盖，就是穷。朱俊徵和大家算了一下账，上面政策的支持和村民的自筹除外，还有很大的资金缺口，可不是个小数目，放在那里，堆起来好大一堆了。

当时的村主任老蒋，这个五十来岁，头发已经花白，在村委已有很多年工作经历的老同志，一口接一口地吸着闷烟，好不容易地吐出一句："这么多钱呀，朱俊徵书记！就算我带头捐，我们所有的村委干部带头捐，也实在是有心无力呀！"老蒋的话引起了大家的共鸣，"是呀，是呀！"会议室内，一片声音，好像是在冲着朱俊徵。

"这个我知道。"朱俊徵很严肃地说，"摆在我们面前的困难不是一般的大。可要让幸福村脱贫，要让老百姓致富，路必须修，而且必须修好，否则，其他工作根本无法开展。"会议室依然是一片寂静。过了很久，朱俊徵的声音掷地有声："大家先做好村民的动员与安排工作，钱的问题，我来想办法。"朱俊徵果断地接过了这沉甸甸的压力。

夏天的深夜，朱俊徵穿着一件白衬衫，一把破旧的小风扇在他头顶吱呀呀地响着，就像一个虫子在飞着留下的声音，就在这间闷热的小屋里，他的额上有一层细密的汗珠渗出来。顾不上闷热，他右手执笔，正在伏案疾书，偶尔抬起头吸两口烟，望着窗外，显然在思索着什么。是的，他正在将所有村民急盼修路的愿望，整理成汇报材料，给各级领导汇报。他向自己原工作的单位承诺，他一定要帮幸福村的老百姓，实现他们的愿望，否则自己绝不回去。如果村民在这一轮的脱贫攻坚中，还不能富起来，可能将要永久失去翻身的机会，有翻身的机会没有翻身，以后哪里还有力气来翻身？朱俊徵明白，哪怕他们不愿意行动起来，就是拉也要强行拉起走，绝对不能落下一人。

　　精诚所至，金石为开，县委统战部、县直机关工委领导和莲花镇等的领导都来了，朱俊徵和领导们走在泥泞的山道上，当县领导握住他的手说："小朱，放心吧，给他们修路，缺的资金我们一起来想办法，脱贫攻坚中遇到的困难，我们一起来解决，大家都有一份责任……"想到这几个月来，所有村委干部的辛苦奔波和自己不分白天黑夜的努力，朱俊徵感激之情一下子奔涌而出，眼泪是咸的，心是热的。

　　经过干部群众几个月的苦战，公路于2017年终于全部竣工了。朱俊徵的脸上，终于有了灿烂的笑容。经过这番艰辛的付出，这个三十岁出头的小伙子，额上竟然也多了几条细细的皱纹。再看看眼前的蒋主任，白发也增加了不少，感觉突然间老了几岁……可是，老百姓却高兴了，纷纷表示要请干部到家吃饭，要以最高礼遇款待他们。怎么会不高兴？竹木能顺利运出去了，山外的东西也能畅通无阻地进来了，比起过去肩挑背磨不知要方便多少，通过这件事，更重要的是，村委干部们又找回了曾经丢失的，老百姓对他们的信任！这样，接下来所有的工作，无疑要顺手许多。

　　早上八点，阳光普照，昨夜的一场大雨，使得今天的竹木显得格外青翠欲滴，朱俊徵和龚波文书一前一后地走着。

　　"书记，真要去龚华昌家吗？"龚波追问朱俊徵。

　　"要去的，怎么啦？"朱俊徵回答道。

　　"哦……没什么"，龚波欲言又止："你去了便知道了"。

　　"龚华昌，龚华昌在家吗？"刚到路坎下，龚波大声地喊。没人应声。再喊，依旧没有人答应。爬上路坎，站在坝子边，朱俊徵的心咯噔一声往下一沉，天哪，这里还是人住的地方吗？坝子坑坑洼洼，还满地都是鸡屎，没有下脚的地方。再看看房子，又低又矮又破的茅草小屋，如果下雨天，屋子里说不好就会雨水横流，要是雨大，完全可以在屋子里划船。屋檐下，有两只鸡正扑打着翅膀，扬起阵阵灰尘，见有生人靠近，一下子就逃跑了，不见了影踪。

龚华昌在哪儿呢？朱俊徵敲了敲门。门吱呀的开了，一个左脸上还有泥巴的小姑娘闪着怯怯的眼睛。"龚三妹，你爸爸呢？"龚波问。小姑娘并不说话，只是把脖颈伸长对着屋子里面。朱俊徵一脚跨进黑洞洞的房门，就踩到了什么，小时候进别人的屋子踩到过一条狗，被咬过一口，至今后怕，朱俊徵哇的一声惊叫起来，龚波帮忙低头一看，原来是一只又破又脏的黄胶鞋。朱俊徵惊魂未定，再四处一看，不由得抽了一口凉气：这哪里像个家哦，衣服、鞋子、茶杯、碗筷……四处乱扔，靠墙的一张破旧的沙发，沙发前面有张缺了一个角的木桌子，桌子上摆放了一摞脏碗筷。

角落的昏暗处斜躺着一个人。"龚华昌"，朱俊徵试着对着那人喊。那人缓慢地抬起头来，只见满脸胡楂就像森林，又红又肿的眼睛布满血丝，瞳孔有些发散，右手捏着个酒碗，满身酸酸的酒气飘出来，空气中的味道让人好难受，想作呕。

"龚华昌，朱书记找你有事"，龚波忍不住捏一下自己的鼻子。"啥，啥子事？不，不就是喊我修房子么？要修你们来修，我……我没得钱。"

"你多少也跟着想点办法嘛，朱书记和我们村上帮衬着你。"龚波说。

"办法？哪里有什么办法好想？你看我都这样了。我……我婆娘打工不回来，大……大女儿嫌家穷，离家出走也不回来，还有两个娃儿要读书……"

"那你少喝点酒，多挣点钱撒"，龚波看了朱俊徵一眼，打断了龚华昌的话，"前几天领导给的慰问金，怕是又打酒喝了哈。"

"这个……你管得着？反正要喊我修房子，就，就是没得钱。要修你们拿去修。"

"你……"龚波气得说不出话来，狠狠地瞪着龚华昌，真是恨铁不成钢啊，扶贫，真正扶的还是要扶得起的那种，躺着一动不动，哪怕就是费尽九牛二虎之力，到头来恐怕还是一塌糊涂，但是，难道这些人就不管了吗？可是党中央承诺过，不允许落下一人啊，面对这样的贫困群众，具体做工作的基层干部们，脑壳都大了。

"老龚，你们家的情况我们都知道，今天就是来找你商量解决的。"朱俊徵一边说，一边递过去一支烟。"烟，我……我抽我的……"龚华昌想直起身来，却一个趔趄又倒在沙发里，显然带着醉意，"我这个鬼样子，你，你们就别来找我了！"

"龚华昌，你还管不管自己的两个娃儿，还想不想老婆回来了？"朱俊徵眼看和他这样纠缠显然不会有什么结果，突然提高了声音，"告诉你，我们已经帮你联系上你的老婆，听说你要修房子，她明天就从北京回来了。"一旁的龚华昌用力撑起自己的身子，怔怔地看看朱俊徵，再看看龚波，这个年近半百的汉子，终于涌出了两行浑浊的眼泪："房子，我……我修……"

通过各种方式做工作，幸福村一百多户贫困户的危房改造和易地搬迁的工作，终于在 2017 年秋季，圆满地画上了句号。在注重解决实际问题的同时，其实朱俊徵一直都在思考，老百姓致富的门路到底在哪里呢？每个人那一点土地，仅靠种庄稼，显然种不出一个金娃娃，要是能种出金娃娃的话，经过这么多年，早就富起来了。经朱俊徵四处考察，几番周折，通过镇、村之间各级领导的研究协商，最后终于敲定了，决定在幸福村建种养专业合作社，不但可以解决富余劳动力就业，还可以充分利用丰富的自然资源发展经济，应该是个不错的项目。可是，老百姓拿不出钱自己买猪牲口，又该怎么办呢？朱俊徵又马不停蹄地跑镇里、县里，路都跑大了，总算争取到了上级的支持，决定给予部分资金，作为幸福村种养殖业的启动资金，有了钱，肩膀硬多了，事情也好干多了，钱是项目的翅膀。

天一亮，朱俊徵便敲开了吴兴荣的家门。看到是朱俊徵，吴兴荣显得很激动，刚毅的面庞涨得通红："朱书记，你请坐嘛，喝杯茶。"朱俊徵在靠窗的地方坐下来，脸上全是笑意。吴兴荣因为到广东打工时亏损了资金，手里缺钱，成了贫苦户，可他是个有干劲的人，朱俊徵问吴兴荣，为什么要拼命的挣钱，吴兴荣半开玩笑地说，不靠自己那是不得行的，自己有三个娃儿要供养，再不肯干，婆娘怕都要跑了，村子里不是有先例么。朱俊徵看吴兴荣有一股子劲想使出来，就像是山洪要爆发的那种，就对着他说："吴哥，跟你说个事，带头把村里的蚕桑发展起来咋样？""我没得问题，政府政策这么好，只要你们相信我，你们说咋干我就咋干。"

在朱俊徽的支持和帮助下,吴兴荣克服了技术和资金,还有劳力等方面的困难,如今,已经发展蚕桑20亩,每年养殖生猪上百头,出栏60~70头。这个现实案例比给村民说上几箩筐的话语管用多了。就这样,用吴兴荣以点带面的方法,很快就取得了不错的效果,通过反复论证,逐户动员,目前该村已经发展蚕桑600亩,今年已经初步投产,2018年全村实现养蚕900张,产值达200万元。莲花镇人大代表们对幸福村的蚕业发展养殖项目给予了充分的肯定,同时也提出了要充分整合各项资源,形成合力,扩大发展规模,建议要加强村与村、镇与镇之间的合作联系,共同推动蚕业向规模化、产业化方向发展,让更多的贫困户参与到蚕业项目当中。通过朱俊徽带领村上一班人的努力,村子的产业逐步形成了规模,老百姓致富的劲头更足了。

帮助农户采摘桑叶

说起绿壳鸡蛋,村里的残疾人小林最有感情,他说,是绿壳鸡蛋让他逐渐摆脱了贫穷的困境。说起小林，周围的村民都在夸奖，都说他真的不容易，但是，村民又都在说，如果没有朱俊徽的帮助，今天的小林也许就是另外一个人了。邻居老林说，以前同学们经常嘲笑他总是连滚带爬才能到学校，现在我打心底佩服他，身体虽然有残疾，却这么坚强。今年端午节，小林家的鸡圈里有不少人在捡绿皮鸡蛋。这些陌生人都是小林通过微信卖土鸡蛋认识的客户。端午节前夕，小林从微信上接到不少绿皮鸡蛋订单，忙不过来，有的客户索性到他鸡圈自己捡鸡蛋。

小林说："养鸡的故事，就是一把辛酸泪，曾经一场大雨差一点把梦想给浇灭了。"那是2016年夏天，小林购买了第一批乌骨鸡，放在自家林子下面喂养。当时他搭了个临时棚子晚上休息，与鸡生活在一起，看着鸡一天天长大。到马上就要出售了，一天下午突降大雨，引发山水，最后只剩下500多只鸡。下雨路滑，加之他行动不便，中途摔了一跟斗，把腿摔断了，在家动弹不得。那时他万念俱灰，"想死的心都有了"，"朱书记的帮助增添了我发展的信心"，小林说起养鸡多亏遇上了朱俊徽。技术上，朱俊徽为他请来了乡镇畜牧站农技员；生活上，朱俊徽为他和家人办理了低保补助和残疾人补助；逢年过节朱俊徽还来家里看望慰问，给他带来生活物资……

聪明的小林不仅学会了用微信销售土鸡、土鸡蛋，还有了自己的梦想："我的梦想就是搞一个绿色养殖场，让大家吃上健康的绿色产品，这样既养活我自己，也能减轻爹妈负担。去年我卖绿皮鸡蛋8000多个，土鸡蛋3000千个，卖鸡100多只，除去开支成本我赚了1万多元。"有梦就有未来，有些口吃的他慢腾腾地说完，笑得合不拢嘴，"我真的太感谢大力帮助我的朱书记了"。

通过两年多来的坚持、两年多来的努力、两年多来的拼搏，幸福村村容村貌焕然一新，产业也逐步发展了，交通更便捷了，农房变漂亮了，社会更和谐了，老百姓脸上笑容更多了。2017年12月底，幸福村已经完成整村脱贫的目标任务。

一个普通的共产党员，普通退伍军人，幸福村的第一书记，扎根山村，情洒农家，用自己的实际行动诠释了一名党员干部为民服务的宗旨，给幸福村这片寂寞的土地带来了一片生机。用真心、真情、实干的工作激情抒写着一名共产党员的人生诗篇。朱俊徽说，只要农村、农民需要，他都会义无反顾地留下，直到幸福村村民真正获得"幸福"生活的那一天。

和朱俊徽走在幸福村新修的水泥公路上，这个三十多岁的小伙子，显得那样的阳光，帅气，充满活力。我突然问朱俊徽："扶贫的这些日子里，你最大的快乐是什么呢？""最大的快乐嘛，是我现在无论去哪个村民家里，他们倒茶给我喝的时候，看到他们脸上那种真诚的，温暖的笑！而且我知道，今后无论身在何方，这里的一切，都将是我永远的牵挂！"刹那间，我被一种莫名的东西深深地震撼了。看着朱俊徽微胖却又显得高大的身影，感受着春天吹来的醉人的风，我突然就明白了：正是因为有了他这样敢与风浪搏击的好舵手，幸福村才驶过了小溪小河，在脱贫致富的海上，它正乘风破浪，扬帆远航……

朱俊徽对我说，其实自己最担心的不是村民短暂的贫穷，而是明明陷在贫穷中却浑然不觉，早已经习惯了贫穷，与贫穷相依为命,每天照样过着日出日落的日子,停留在做一日和尚撞一日钟,得过且过的思维上,缺乏努力站起来的精神和勇气,在每个地方恐怕都有这种人,而且动不动还要拿贫穷来威胁我们做干部的,我们何尝不希望把每一个对象都紧紧地拉着,一起向前冲啊,关键是要主动把手伸过来才行。

五、爱心满满的驻村"花木兰"

"请推荐一位第一书记给我写进报告文学,只一位。"兴文县委组织部推荐的就是舒琳,推荐语:"可以,很优秀。"吴部长继续告诉我:"我们县的优秀驻村第一书记实在是太多,原谅我无法一一列举。"舒琳现任共乐镇副镇长,新阳村"第一书记",新阳村脱贫攻坚驻村工作组副组长。眼前的女孩,很难相信,居然能在村子里扎根下去,更难相信,还能做出那么优异的成绩,兴文县今年七一表彰会上的颁奖词是这样书写的:"一名80后的姑娘,因着一份责任和爱心,扎根基层,以一己之力协调整合资源改善村里基础设施,畅通道路实现村民交通便利;她是村民口中真抓实干的女书记,求真务实带领村民整合创新现代化产业,搭建加工业平台,助力村民脱贫致富。"

舒琳原在兴文县经济商务信息化和科学技术局工作,在单位里就是出了名的"女强人"。2015年7月20日,一纸任命将舒琳推上了新阳村"第一书记"的岗位。共乐镇新阳村位于兴文县城西北面,距县城约20公里,辖区面积5.6平方公里,耕地面积2410亩,林地面积1000亩。全村共778户2856人,其中精准扶贫户多达142户501人。不仅如此,全村还有饮水困难户75户588人、通行困难户57户324人、低保户9户27人、因病致贫户103户362人、因学致贫户2户7人、缺劳动力致贫户28户105人。村子属于典型油砂村,农业自然条件恶劣,基础设施落后,严重制约该村的发展。舒琳走进新阳村了解详情时,她才发现,简短的任职命令,却如同一座沉重的大山,让人备感压力。她何尝不知道这是一份苦差事?但是只要心里有老百姓,再苦也是乐意的,只要自己能让他们不再那么苦,也就是最大的欣慰了,驻进了村,她当面把话对村里的干部们讲:"既然新阳村选择了我,我就有责任带着一颗爱心把工作干好。"

现在很多地方的帮扶干部对贫困户,不是亲娘胜似亲娘,不是买油就是买米,甚至有的地方还给贫困户买牛买鸡买羊,从某种程度上催生了人人哭穷,人人争当贫困户,"要懒懒到底,政府来兜底","倒懒不懒,政府不管",不以"贫"为耻,反以"贫"为荣,特别是一些"边缘户",挤破脑袋想进到贫困的篮子里,整天萎靡不振,缺乏积极上进的精神,他们并不去理解扶贫干部的辛苦劳累,嘴里还掉出这样那样的顺口溜:"我不做你的红颜,不做你的知己,不做你的亲戚和爱人,我就只做你的贫困户,那样你就会经常来看我,给我吃的、穿的、住的,照顾我是你的责任,我还可以见到你的各级领导,你会时时刻刻惦记我,只要我不高兴,对他们说'不满意'、'不清楚''不知道'就会有人收拾你,我是你的贫困户。"面对贫困户这样"烂泥"态度,舒琳深深地知道:"扶贫必须先扶志,否则永远扶不起来,精神贫困比物质贫困更可怕。一个人的物质贫困可能只是一时,精神贫困可能伴随一生。必须想办法努力奋斗才能彻底改变贫困。"其实,这也是老百姓穷怕了的反作用力,只要是做干部的真心为他们,他们还是能够理解的,当然,不排除有少数"不听话"的,在任何一个地方,有几个"反对派"也是正常。

看着村里滞后的基础设施和贫穷落后的面貌,舒琳眼眶湿润了:"没想到,到现在这个年代了,乡亲们还在过着这样的'穷日子',我一定要履行好'第一书记'职责,让村里人尽快吃上水、通上路、致上富!"帮"困难户"甩"贫困帽子",她风风火火地张罗，不辞劳苦，把整个精力都赔进去了；为"创业户"联系销路，她跑前跑后联系，绞尽脑汁；带全村群众常念"致富经"，她加班加点，不分刮风下雨……从城里的"坐班族"到村里的"第一书记"，通过短短百余天的时间，她实现了自己人生路上的"漂亮转身"，被父老乡亲们亲切称为"我们村的'花木兰'"，无论在哪里工作，没有什么比口碑更重要的了。

无声的行动，是最响亮的回答。很快，一份新阳村翔实的《扶贫工作计划》出台了。围绕着村里无支柱产业、发展要素缺乏、村民思想保守观念陈旧等三个发展道路上的"拦路虎"，舒琳开始了她的"破障之旅"——通过以工代赈项目和财政奖补项目，对全村11公里的路面进行硬化，着力解决村民出行难问题；积极争取上级支持，新建蓄水池、水窖和山坪塘，开通万米高能节水灌溉管网，着力解决全村95%的人畜饮水难问题；狠抓电网改造工程和天然气铺管、危房改造工程，着力解决村民安居难问题。

"这位女书记，很务实！"群众的眼睛是雪亮的，村里的一切变化都在他们眼中，村两委班子更加注重民情民意，"会多了，事多了。"这是村民代表的感叹！因为村里各项事务更加公开透明，要让每一位村民切实感受到作为村民的责任和义务。在舒琳的积极带动下，村里营造了村民管理、民主监督的良好氛围，村民的干劲也高涨起来。

乡亲们的干劲和热情被成功激活了，纷纷对这位干练利落的"第一书记"投来敬佩的目光。然而，舒琳并没有沾沾自喜，而是趁热打铁，接连展开一连串"攻坚行动"，包括多次看望走访贫困户、老党员、低保户，和他们聊家常、谈政策，提振致富信心；组织村两委班子成员外出考察学习，提升致富能力水平；多次召开精准扶贫工作会，大力宣传扶贫攻坚精神，解放村民思想，激发脱贫内生动力……她知道，村民们对脱贫攻坚其实是很具有依赖性的，尤其积极性很难调动，一旦调动起来了，就必须一鼓作气，否则可能前功尽弃，还会失去发展机遇。

"不解决村里的基础设施落后问题，村民们就谈不上脱贫致富。"舒琳开始琢磨村里的基础设施建设。时间紧任务重，她经常牺牲自己的节假日时间多方奔波劳碌，整合各方资源，加强对县交通、财政等部门的汇报，争取项目，解决村里交通问题，同时多次积极争取上级支持，破解饮水难的问题。

功夫不负有心人，在舒琳多日来坚持不懈的奔波努力下，通过争取项目资金，新修硬化公路5.2公里，现已规划金土地工程产业路3.5公里（年底实施），让村民出行一路"畅通无阻"；稳步推进村里水利工程项目，争取水窖30余口，解决饮水难问题；狠抓易地搬迁、危房改造等工程，让贫困户实现安居乐业；整合各方资金，完善村级文化活动广场的基础建设。"前些年村上几乎一成不变，新书记一来就发生了很大的变化，这让我们很感动，这样的好书记难得！"村民们经常聚在一起讨论村子这一年多来天差地别的变化，对这位年轻女书记的后续工作更是寄予厚望。

为帮助全村尽快甩掉"贫困村"的帽子，让老百姓早日脱贫致富，一方面，舒琳与村两委商讨，提出"立体生态养殖"思路，引导农户在抓好特色产业的同时，积极发展花生、大头菜、豌豆等附属产业，大力发展立体养殖，形成良性生态循环种养殖产业链，有效降低投资风险，提升经济效益。另一方面，针对全村农副产品销售渠道窄、销售价格低的现实情况，舒琳思考着通过"互联网+"的形式，开展电商扶贫，带动贫困户脱贫致富。她积极向县级相关部门汇报，联系商家，搭建电商平台，召开贫困户宣传动员会，有效整合各方面资源，推动农户销售农副产品的力度，实现增收致富。

80后女书记舒琳在扶贫方面的工作可圈可点。她与村两委商讨，提出"发展自己的企业"思路，建设"缝纫车间"，吸纳贫困户就业，既为村集体经济发展奠定坚实的基础，又解决了贫困户的就业问题。通过多方争取，村里落实了与"兴文兴圣制衣"合作，建立了180平方米的"缝纫车间"一处，帮扶带动贫困户10户以上，让扶贫产业搭上了新型产业的快车。同时，通过"示范户+贫困户"的生产互助模式，新阳村发展能人大户5户、科技示范户5户、党员示范户3户，积极发展种养业，发展红梁600亩、脆红李500亩、优质花生500亩，建成500平方米（其中圈舍200平方）的肉牛养殖场两个，发展肉牛50余头，发展乌骨鸡养殖5000余羽。通过产业发展、劳动务工等带动100余户贫困群众增收脱贫。

"下一步，我们将以农民增收为中心，发展现代农业！"舒琳的话语里，透着几分欣慰，"我们要继续调整农业产业结构，发展脆红李特色品种，把种植户组织起来，成立专业合作社，合作社实行'三统一'，即统一标准、统一品牌、统一技术、共同打造'新阳脆红李'牌，使产品质量、产品销路得到充分保障，带

缝纫扶贫车间开工仪式

动全村农户发展致富，争取早日建成'小康村'。"谈起发展，舒琳异常兴奋。

　　舒琳不仅为全村的经济建设支招献策，铁骨柔情的她，更和不少村民结下了深厚友谊，认下了不少"穷亲戚"。"要是没有舒阿姨，妹妹们哪能顺顺利利上学呀！"说起本村的"第一书记"，新阳村11组的曾晓蓉充满着感恩。由于家贫，曾晓蓉的妹妹将面临着辍学的境地——而她的妹妹中，最大的才12岁，最小的年仅6岁，本该是上学读书的年龄，却要含泪离开心爱的校园，曾晓蓉想着这些非常头痛。正当她无计可施的时候，舒琳的来访化解了这一难题。在舒琳的帮助下，三个妹妹顺顺利利背起了心爱的书包，走进了课堂。不仅如此，舒琳还自掏腰包，买来了《安徒生童话》、《十万个为什么》等一大堆课外读物，帮助孩子们完成了"拥有课外书"的心愿。看到曾晓蓉的家庭十分贫困，舒琳又为孩子们置办了新衣服，并帮着联系了鸡苗，让她家发展养鸡和李子种植等产业。在新阳村的扶贫经历中，舒琳的"穷亲戚"还有很多，而得到她的帮助的人也很多，她帮助了很多家庭有实际困难的村民，和村民们结下了深厚情谊。

辅导贫困户子女作业

有一部电影叫世界末日，当时就轰动了全球。同样，也有一件意外的事情打破了村民罗云家虽不富裕但过的还算平静的生活。在这一年他的妻子患了重病，经医院检查后产生了一个对于这个家庭来说是天文数字的治疗费用。对于这个家庭来说，这一年也是一个世界末日。突如其来的变故，让这个家庭举步维艰。大女儿当时12岁，小儿子当时9岁。一个即将读初中，一个在读小学，都是处在用钱的时候。这一年的罗云跑遍了所有亲戚借钱，这一年的罗云卖掉了家里所有值钱的东西，这一年的罗云整整瘦了30斤。不仅仅是身体，精神上更是一种煎熬。苦恼，烦闷，无力改变眼前的一切，无力走出困境。舒琳了解到情况后，主动来到罗云的家中，宣传了党的政策，但罗云是一个倔强的人，望了一眼摇摇欲坠的房屋，望了一眼病床上的妻子，从来没有想过别人能帮助他改变他的困难，更不敢相信谁能改变这个家庭。

　　2017年罗云久病不愈的妻子去世了，那时候的罗云陷入了绝望的深渊，处理完妻子后事，经常一个人拿着妻子生前的照片默默流泪，有时候拿上一瓶酒，在妻子的墓前一坐就是半天。舒琳经常都来找他聊天谈心，不停地在为他做思想工作，但面对这一家具体情况的时候舒琳也犯了难。想推荐到外地就业，可家里还有两个孩子需要照顾。最棘手的就是一个稳定的收入待解决，后经多方奔走和协调，终于在县城为罗云找到一份相对稳定的工作，这样，不仅罗云自己的生活有了保障，以后孩子的未来也有了保障。在舒琳的努力下，又让他享受了易地扶贫搬迁的政策，旧貌换新颜，破房变楼房，此刻正坐在新房子的阳台上，一边抽着烟，一边微笑着好像在想着什么，估计在早几年的时候他做梦也没有想到会过上今天这样幸福的日子。舒琳很有感触："扶贫的路上每一个人，每一户人家，每一个贫困村，每一个贫困县都在发生着翻天覆地的变化。我们这一代人能有幸参与到扶贫工作中来，亲身经历和见证这些变化感到无比的荣耀和自豪。"

　　没有轰轰烈烈的壮举，没有夺人眼球的政绩，却留下了满满的爱心谱写的动人的故事，动人的歌，舒琳这位新阳村的"第一书记"，用平凡的举动，在平凡的岗位上，努力书写着属于自己的精彩人生。岁月如歌，豪情激荡。舒琳"满腔热情赴基层，亲民爱民富新阳"，用踏实和勤奋为新阳村绘出了一份美丽的画卷。

　　对于脱贫攻坚，舒琳最大的感悟是：春种秋收，我们自己要懂得，更要珍惜；我们同样要让老百姓明白，地要种，农民的土地就是自己的命，但如果只能靠单纯的种地，也无法种出一个金娃娃，在短时间内根本就富不起来，甚至长时间也不能摆脱困境，还必须依靠产业，但又不是什么产业都抓来发展，县上明确要求，每个贫困村都必须有产业作为支撑，但发展产业既要村民答应，更要有科学的规划，必须持严肃认真的态度，绝对不能把产业搞成扶贫攻坚中的败笔，到时候，人走了，产业也没有起来，那样老百姓就会在背后骂娘。

六、矢志不移的"微笑书记"

"在通往村子曲曲折折的道路上，始终有一种力量在支撑着我们，我们为这种力量歌唱、也为这种力量感动而泣，这种力量就是脱贫攻坚，在天地间，没有别的，只有脱贫攻坚的力量如山风浩荡。"天空还没有隐去墨色，远远近近还沉浸在寂静中，几只山雀子在树荫里伸着懒腰，正准备亮开嗓子，露珠在草叶上滚动，习惯早起的何敏莉已经迈步在她的脱贫攻坚路上了，不管面对晴天还是阴天，始终保持着那种活泼乐观、积极向上的生活态度，特别是那招牌式的微笑，一直都么保持着，她就是被当地老百姓称作"微笑书记"的何敏莉。

对"贫困"这个词语的理解，何敏莉以前只是停留在书本上、电视上，可自从走进普市的那一天起，何敏莉就有了新的更深刻的体会。"最为典型的要数村子里的王仕桥一家，原来住在大山里面，出来一趟要走3个多小时，后来土坯房也垮掉了，全家变得一无所有，只能带着2岁的孩子东家住一天，西家住一天，在村子里流浪。"别人都瞧不起王仕桥。可王仕桥一点也没有感到自己脱贫的紧迫，日子照样在日出日落中流失，即使不知道一家人的中午餐在哪里，早上他照样是走到哪里山歌哼到哪里，一路歌声，乐观得就像贫穷与自己没有任何关系一样。面对这样的服务对象，可想而知，任务有多么的艰巨，换在谁都可能会皱眉头，何敏莉当初下派时的豪情瞬间变成了沉甸甸的压力。

"普市村如果不脱贫，我就不会离开。"2015年7月，四川省泸州市委组织部组织三科科长何敏莉被选派到普市村担任第一书记后，与村民见面，当即这样对村民掷地有声地表态。在场的其他镇、村干部第一反应就是立即泼出一瓢冷水：这女孩子到底还是机关干部,看来并不知道下头的情况,肯定还不知道啥子叫难啃的硬骨头。同时,大家也在暗自为她捏着一把汗,看你今天笑着来,说不定明天就哭着回去。

说起脱贫,倒是横竖撇捺几笔,就是连三年级学生都会写的字,可真要完成工作任务,也不是个简单的事。和村民们说话,作为第一书记,那可不是闹着玩过家家那回事,出自你的嘴钻进村民的耳,弄不好就会惹出麻烦。像王仕桥这样的"老油条",就算是用油炸也是无济于事呀,还能把他怎样呢?用他自己的话来说:"就是一百多斤的牛肉,煮着吃也吃不了几顿。"可何敏莉却满怀信心地告诉我:"女汉子也是铁骨柔情的人,这一点我有优势,做起工作来,我会向当初给孩子喂奶水一样,千方百计让他们开心,而自己哪怕忍受着被折腾,工作嘛,总会有折腾。但我不会放任他们,至少要让他们懂得感恩和珍惜。"说到怎么切入扶贫,何敏莉这样告诉我:"我还是从思想教育着手,我们要扶他们的贫,首先是教育他们不能做'白眼狼',锅里煮着党和国家给你的粥,嘴里说着乱七八糟的那种人,要坚决地进行批评教育。"

客观地讲,从八十年代开始,扶贫已经干了三十几年,村民无论生活还是生产以及习惯都有了一定改变,但是,并不见得有多大的成效,尤其是在这种偏远的地区。为了脱贫,以前的乡村社干部还不都绞尽脑汁?还有什么办法没有想过?反正,整体上还是始终并不尽如人意。摆在何敏莉眼前的村子,正如那首歌里唱的:"山还是那座山,梁也还是那道梁",被外地人戏称之为"走一脚泥村",晴天一身灰,雨天满身泥,有时候,长筒靴都会灌进去泥水的。早就折腾够了的村民们已经习惯了贫穷，他们理所当然地守着贫穷，热爱着贫穷，他们振振有词："穷还是富，还不都是照样过日子。"何敏莉在想，既然自己来了，哪怕就是生拉硬拽也要让他们跟着跑上一程。满身是劲的何敏莉暗自下定决心：一定要改变这个地方的面貌，让大家真正地富起来。当有一天再次回来之后，这里也就是自己的家了，家里好了，被人说起该有多么自豪。"再说，别人都可以过得那么好，我们的村民为什么就不可以？"何敏莉给自己打气。她在心里告诉自己："一定要改变这个地方的面貌，让大家都富起来，过上好日子。"决心已下，就如同剑已出鞘，开弓没有回头箭。

"巾帼不让须眉，何书记表面上看起来比较柔弱，可干起事来却是风风火火，那一股子劲就是很足，像是开足了马力的机器，被谁点燃了激情的那种，一点也不拉下，从来都是今日事今日毕，绝不拖延到明天，很多男人都自愧不如。"在和何敏莉相处一段时间之后，村民们这样评价这位市上下来的女同志，看得出来，何敏莉在不长的时间里，已经得到了村民们的普遍认可，她也给村民们增添了不少脱贫的信心。

"西风烈，长空雁叫霜晨月。霜晨月，马蹄声碎，喇叭声咽；雄关漫道真如铁，而今迈步从头越。从头越，苍山如海，残阳如血。"当年毛泽东同志写下《忆秦娥·娄山关》的乌蒙山广大地区，位于云贵川结合部，其中，也包含着四川省的三个市的部分县区。古蔺县和叙永县就是列入泸州市国家级贫困县的"双胞胎"姐妹。何敏莉担任第一书记的震东镇普市村位于乌蒙山地区东北部的叙永县大山深处，面积14.1平方公里，海拔高度1100

米，属于典型的喀斯特地貌地区。由于山大沟深，土地贫瘠，基础条件落后，群众出行难、饮水难等问题都很突出。长期以来，群众生活十分困难，缺乏可持续的收入来源。全村20个社，632户，2573人，建档立卡贫困户157户，595人，贫困率23%，是泸州市确定的贫困村之一。

何敏莉快人快语，说话的感觉就像是在用快刀斩断乱麻，采访的时候，我们就走在金色的阳光下，很难相信，金子般的阳光下的这片土地贫困程度会如此的深。这个村贫穷的原因不只是自然条件和产业，更主要的还是人的因素，边走她边告诉我说，原来，普市村的支书和村主任由于年龄、性格、观念等方面的差异，两人经常坐不到一块。长期以来，形成了"你过你的阳关道，我过我的独木桥"的尴尬局面。何敏莉还告诉我："这样的涣散村班子在贫困地区尤其在一些贫困村仍然有相当一部分存在，但是这样的班子从根本上也不是采取简单换人就能解决问题的，而且弄不好换了人，甚至会更加被动，最好还是在理顺关系上下功夫，着重考虑思想问题。如果班子的情况没有得到好转，就会任何事情都办不了，弄不好还会痛失掉全民脱贫攻坚的千载难逢的良机。"

"何敏莉能治得住他们？"村民们用这样的眼光怀疑上面来的人是有依据的，"以前镇上不是专门派人找他们谈过么，可不但没有改变，反而好像走得更远了。"在了解到这样的村班子情况后，何敏莉并没有选择对他们放弃，而是夜不成寐地思考着怎样去说服他们捏紧拳头砸向扶贫攻坚这第一民生工作上，熟悉何敏莉的人都知道，她不是轻易选择放弃的那一类人，"敏莉这个人就是喜欢一战到底，越战越勇，从不言输"，同事在我面前这样称赞她，她那坚定的眼神已经向我们传递了这样的信息。

　　通过多方了解，何敏莉了解到村班子中的两个主要负责人其实都是能做事的人，或许只是由于某根经络可能暂时不通畅，出现了不和谐不配合的局面。何敏莉充分发挥自己以前在组织部门做干部工作的经验和优势，把自己接下来要开展的工作从"人"着手，也就是从村子里干部思想整顿开始突破。于是，她点燃了新官上任三把火中的第一把，拿出自己之前总结出的一套工作方法：什么个别谈话、沟通交流、民主生活会、面对面解决问题、消除误会，全都用上，多管齐下，让他们充分明白，班子闹不团结没有好下场，目的就是得首先得治住他俩。村干部治不住，又怎么治得住其他的人？她深深地知道，要是村干部的作用真正能发挥出来，一个村就没有其他治不住的村民了。"看到他们两位终于把手握在一起，我的信心突然就增加了许多。"何敏莉通过一番整顿之后，再吸取过去村子出现混乱的教训，明确对全体村干部"约法三章"：一是严守政治纪律，班子成员要顾全大局、维护形象；二是严守财经纪律，严格按照财务制度办事；三是严守廉政纪律，班子成员不得插手项目工程；四是坚持重大事项集体研究决定。人心振作起来了，"拳头"捏紧了，班子就有力量了，这个班子在去年的"七一"表彰等活动中，还先后被市县评为"先进班子"、"优秀党支部"等。

　　何敏莉从"风过泸州带酒香"的两江城市泸州来到这个山青水秀的地方，照理应该很快就能适应，可偏偏由于水土不服，常常生病。有几天很严重，弄得上吐下泻，差点人都搞虚脱了。她

加强组织建设

在日记里这样写道:"扶贫攻坚是一场革命,革命有不吃苦的?当年红军长征,吃了多少苦?吃这点苦算不上什么。"她匆匆吃下几粒药物之后,就在村子里忙开了,她深知扶贫攻坚时间紧、任务重,必须只争朝夕,把更多的时间花在扶贫的刀刃上。

在何敏莉看来,一个村的长久发展,实现经济的持续增长,应该要有一个产业作为支撑。烈日炎炎,田间地头,何敏莉都在带领村班子聚精会神地落实产业规划。虽然何敏莉从来就不愿承认自己是个女汉子,她半开玩笑地说:"有男人在,女人就不是汉子。"但是事实上,在村子里,她早已把自己当做了女汉子,她一直都是这样说服自己的,"干革命工作,就应该是男人不当人用,女人当成男人用",既然主动来到这里,就应该是这样,顶天立地做几件像样的事情,让自己的人生无憾,让村民看得见,摸得着。想必到许多年以后,还会有村民会提起何敏莉,还会对她竖起大拇指。

何敏莉与村班子和群众代表反复商量,得出结论:扶贫,说到底，发展产业还是最为关键的，也就是说，迫在眉睫的，必须继续走产业扶贫的道路。在她的奔走之下，村子的产业规划很快就出来了。尽管村民们也觉得方案比较可行，可还是要真正落实下去才算得了数，要不然再好的规划都只不过是空头支票一张，摆在那里。刚开始落实，部分村民并不怎么看好，甚至还在背地里不冷不淡地议论："我看这何书记根本就是纸上谈兵，规划可能变成现实？村民王勇过去养鸡不是背了一屁股债？1000多只鸡，眼看就要上市了，死得个精光。""舒香芸种植天麻，天麻倒是没见着，长出了一坡草"……所有这些议论，并不能让何敏莉退缩，反而让她进一步思考："这么好的事情，怎么会有这么大的阻力？"有的群众向她反映，为了发展产业，以前修公路，本来答应调地的，但后来没有兑现；以前有老板投资，亏损了就跑个精光，到最后，吃亏的还不是我们自己……村子里摆着的这些遗留问题，影响着眼下的工作，老百姓思想不通，心里有担忧和顾虑。总之，老百姓终究就是担心规划落实不好，到头来，撂下个"烂摊子"。"找准问题的根，才能对症下药。"何敏莉开始着手解决一些遗留问题，首先是力所能及地撤回了村两委过去给老百姓打的一些"白条"，其次，她还再次带领大家进行广泛调研、反复论证分析，并多方请教专家查找过去村民失败的原因，通过对土壤成分进行了检测化验，最后得出结论：过去的项目没有成功的原因，并不是路子不对，其实主要还是资金的问题。

　　工作做了若干，村民虽然终于答应了发展产业，但仅靠村民自己那肯定不行，还需要引进企业和资金参与进来，而贫困村要引进企业那是攀高枝，本身就有很大的难度，何敏莉说："自己做事总是喜欢有点挑战性的。"接下来的三个多月，何敏莉跑成都，去重庆，走访了一个个企业，吃的闭门羹不少，但是她始终坚信一定会找到合作者，当走访第75家的时候，她还是信心满满，可同行的村支书开始怀疑了，对她说："何书记，你太倔强了。"何敏莉微笑着回答："精诚所至，金石为开。"终于费尽周折，嘴巴里谈起血泡，脚板磨掉三层皮，硬是把外地的两家农业企业说动了，答应过来投资搞产业。

  可就在何敏莉为自己的坚持暗中叫好的时候，回到村子里告诉村民，不知怎的，部分村民突然又变卦不干了，而且态度还比较坚决。何敏莉一班人再次和一些思想不通的村民展开了拉锯战，何敏莉请来镇上干部，和村干部一起组成工作组，不分白天黑夜，逐个解决群众的问题和诉求，何敏莉深入村民家中做思想工作，在贫困户王老三的院坝里，她和一群老百姓这样算起了账："我们村632户人家，2573人，一般穷的不说，还有157户586人特穷，人均年收入在2300元以下，有的可能只有1000元，这点钱怎么来的？就是种点包谷、谷子，养几只鸡，生点蛋卖几个钱，一年才这点钱，日子能过得好？这样的小敲小打怎么能脱贫？有人说，富是命，穷也是命，我就不信，世间有这样的怪事，我们怎么能安于穷，守着穷，乐于穷？我们就是要革命，要彻底革掉'穷'命。"何敏莉继续鼓励他们，"干部就是为老百姓解决问题而来的，我下来工作，就是来解决问题的，只有解决掉你们穷这个问题，我才能回去。"人群里，有人在小声议论："人家上有老，下有小，吃饱了没事干，待在机关里不舒服？到底图个啥？还不是为我们好。"可有的人就不那么客气了："那是她的事，我们与她非亲非故，有这个必要吗？这种走过场的事，我见多了。"何敏莉并没有生气，而是带着那种招牌式的微笑，继续耐心细致地做解释沟通工作。最后，村民们终于被这个远道而来的热心人说动了，纷纷跃跃欲试。天地间，迎着阳光与风雨，总有一种值得去做的事情，那就是脱贫攻坚。自从何敏莉与脱贫攻坚结下了不解之缘，别的事情对她来说，都不再是事情了，包括身体，总认为自己是铁打的，坏不了。那段时间，何敏莉是怎样过来的？恐怕只有她自己才知道，每每同事遇到她，都说："敏莉瘦了，黑了。"家人还以为她生病了，本来答应了丈夫周末回泸州去检查身体，可到了临时，她又以有事走不开为由，继续奔走在村子里。

见过世面的何敏莉有着敏锐的市场眼光，她带着村里的干部群众南下北上学习调研后认为，普市村的优势就在绿色生态，绿水青山就是村子的金山银山，她又果断地动员当地的两家小型非煤矿山企业，放下手中砍向土地的"屠刀"，立地成佛，共同用绿色产业建设美好家园。

几经曲折，几经风雨，何敏莉在普市村推行的"三大"产业基地建设，即千亩核桃基地、千只黑山羊基地、百亩天麻基地终于落地生根。找到了脱贫的路子，普市村在瞬间就沸腾了，能不高兴吗？"三大"基地主要采取"引进龙头企业带动发展、培育本土大户引领发展、争取项目资金推动发展"的战略思路，先后引进四川中农阳光农业有限公司和恒达农业发展有限公司两家大型企业，并投入资金400余万元，以支部+公司+农户的模式，带动88个贫困户发展，并建成黑山羊养殖基地1个，投产后，可实现年销售羊羔 5000 余只，销售收入达 400 余万元，为贫困户人均增收 2000 余元；建成千亩核桃基地 1 个，预计投产后可实现产值 270 万元以上，将会成为广大贫困户增收的又一门路。本土大户发展有所突破，王小玉、王勇等一批本村党员和年轻人纷纷建起了家庭农场，并成立了养鸡专业合作社等，已发展林下鸡 5000 余只，喂养生猪 200 余头，牛 50 余头。

通过手机 APP 帮助群众解决问题

2016 年 3 月，天府大地风和日暖，春光旖旎，时任中共中央政治局常委刘云山来到四川调研精准扶贫工作，"微笑书记"何敏莉有幸代表全省 1 万余名第一书记向中央首长汇报工作，刘云山对"第一书记"推动精准脱贫寄予了殷切的希望，特别强调要下得去、融得进、干得好。首长的关怀和嘱咐，让何敏莉备感温暖，备受鼓舞，如沐春阳，"那一刻，我觉得，我所有的付出都是值得的，一定要为扶贫攻坚再立新功"，内心无比激动的何敏莉，正在谋划着回去甩开膀子大干一场，电话那头突然传来儿子老师的声音："你儿子学习成绩又下降了，你要多陪陪他。"电话刚挂断，电话又过来了，儿子在电话里泣不成声："妈妈，你什么时候回来……"还没有接完儿子的电话，偏偏村民冯瑞的电话又来了："何书记，麻烦你帮忙联系一批鸡苗。""一年之计在于春，村民急着要鸡苗，那是头等大事，想到村子还有其他一大堆事情都等着我回去处理，那天我驱车直接从高速路赶到了叙永，然后就回到了普市。忙完了手里的事情，突然想起该给儿子打个电话，一看时间，已是凌晨两点，肯定不能打扰儿子睡觉，最后，只好一个人躲在被窝里大哭了一场。"说起这些事，何敏莉眼眶发红，毕竟孩子的成长耽误不起，但是，很快她又转哭为笑，"始终微笑着面对着眼前的一切。"这是何敏莉生活的信条。

在推进普市村基础设施和产业建设过程中，经何敏莉多方协调和争取，已经为普市村落实项目资金5000余万元，一个贫困村流进5000余万元，带来的一定是翻天覆地的变化。扶贫干部何敏莉因扶贫业绩突出受到大大小小数十次表彰，但是，何敏莉的目标并不在这些表彰，而是让普市村民早日过上好日子，"我发誓要将扶贫攻坚进行到底，直到贫困群众甩掉穷帽子、住上好房子、能挣到票子。人生最好的年华，与这些需要我的人在一起，脱贫攻坚，我参与，我骄傲！一生之中'黄金白银'的几年，献给这片土地，献给这片土地上的人民，我无怨无悔。"

如今的普市村，山风浩荡，群山莽莽苍苍，由原来的"走一脚泥村"变成了水泥路四通八达村，就是走三次也打不湿鞋，并且时不时还会有音乐回荡在山谷里，一股文化气息迎面拂过，仿佛置身于音乐的"瀚海"中。原来那是何敏莉在抓产业发展的同时，腾出手抓的群众文化建设带来的新气象。为解决文化匮乏的问题，何敏莉四处争取项目资金，多次跑到县级部门汇报，先后整合到各类项目资金400余万元，修建了400多平米的党群服务中心和一千多平米的文化广场，同时配套修建卫生站、日间照料中心和幼儿园。现在，每天村民们都会来这里看电影、上网、读书，小朋友在广场上叽叽喳喳地跳着、闹着、嚷着，每个人的脸上都洋溢着满足和幸福。

普市村新建党群服务中心

黄昏夕阳里，文化广场上，还会看到一些妇女在新建的文化广场上翩翩起舞。熟悉的旋律，吹开了矫健的舞步，邻居成了舞伴，老死不相往来的对头成了朋友。随着文化生活日渐丰富，过去坐在村头小酒店喝酒打牌的、搬弄是非的明显减少了……看到这些变化，何敏莉心里美滋滋的，脸上露出微笑。有时，她也抽空到广场上和村民们跳上两曲，村民纷纷夸赞何书记的舞姿优雅极了，就像是飞来山间的一只帮助村民致富的"金凤凰"。

在同何敏莉深入交流的过程中，她隐隐透露了一种扶贫干部们当前普遍的担忧，那就是，通过自己和村里一班人的坚持不懈的艰苦努力，特别是先后从多方争取到了很大一部分资金，至少也有几千万,全都堆在了正在发展的产业上。虽然产业已经落地生根,但正在经历漫长的"哺乳期",还需要不断吸取营养才能真正成长为带动一方经济的支柱,目前还很难预料能否成功。

七、奋蹄红星村的"老骥"

"你来这边,作为扶贫干部,我不会为难你,但我还是愿意像过去那样过生活,可你也不能为难我呀,你买头牛给我就走了,你知道,我要付出多少劳动吗?与其这样,还不如给点钱现实!你让我喂牛不就是想让我赚钱吗?赚了钱之后又能怎么样?你要填在表册里的那些数字,对我而言,一点意义都没有!你能帮我找个女人过日子吗?"马克星刚来红星村的时候,老光棍蒋里就是这样给他说话的,"你拉着我走,我想走就走,要是我不愿意呢?我就坐着,或者躺着,你就哪怕就是叫天,天在上头也不会答应你的,到时候上头下来只会说你的工作没干好,你是有苦说不出啊,一大把年纪的人了,别怪我不给您面子,还是趁早滚回去吧。"马克星更是清醒地认识到:"这些土地上的主人们,扶贫是他们一次彻底翻身的好机会,但是必须真正地要让他们觉醒起来,必须一切改变从自我觉醒开始,从现在开始,去追逐自己的梦想,而不是坐而视之,错失良机。"

一位在去年夏天采访过马克星的老作家告诉我说:"哎呀,采访他的那天,站在他面前的那个人就是村里的一位活脱脱的老农,黝黑、粗糙……本来我包里有伞,但不好意思拿出来,因为人家一直光着头,阳光直射在他已经稍微秃顶的头,额上是亮晶晶的汗珠,很毒的太阳毫无遮拦……"现在站在我跟前的这位,没错,就是他,由泸州市委统战部选派的 56 岁的驻村第一书记——马克星。我见到的马克星,果然就和老作家描绘的一模一样。认识他的人,他喜欢你叫他老马,不认识他的,都会把他当作村子里的一位老农,因为别人喜欢把他当作老农,村子的田间地头,会经常看到他的身影。在村子里要是见到这样的老农,不需要大惊小怪的,只要叫一声老马就行,反正也是他喜欢的称呼。"老马书记",老骥伏枥,志在脱贫攻坚。

有一种守护,关乎生命的价值;有一种价值,可以在大地上闪光,映照更多的人去追求与进取;谈起落卜镇红星村昨天的贫穷,今天的变化,明日的美好,老马信心百倍,满怀豪情。当我们走过这一片瘠薄的土地,翻山越岭,跟随他的步子踩踏过去,我们蓦然发现,他留给我们的,是一种沉淀在骨子里的老共产党员的精神,和这种精神支撑起来的伟岸与坚定。村子里的老支书说:"事实上,老马已经深深地爱上了这片土地,他就像爱他的家一样爱着这里,就像农民爱庄稼一样爱着脱贫攻坚工作。"老马曾经是一名在部队十余年的军人,在部队时,他就深知,作为军人,必须哪里需要就到哪里,服务和服从是军人的天职,不能有丝毫的犹豫和退缩。当举国上下脱贫攻坚的冲锋号吹响,他再也坐不住了,此时不搏,更待何时?人生能有一次到基层脱贫攻坚的经历,是不是也会因此而变得丰富多彩?号声就是命令,号声就是力量,他主动向组织和领导请缨上战场到扶贫村工作,而且还要求在那里扎根一段时间。去的结果就是日晒雨淋,吃苦受累,领导考虑到他年龄和身体等原因,婉言谢绝他:"让年轻一点的同志去吧。"同事劝慰他:"老马呀,你一大把年纪,别人都叫你老马了,何必自找苦吃呢?"老伴阻止他:"人家年轻人下去还能图个提拔什么的,你老马要个啥,还为吃为穿?"老马笑着没有回答。他在心里想:我们的日子虽然是好过了,可那些地方还有贫困户呀,他们由于主观和客观的多方面原因,无法实现持续增收,发展特色产业无基础,他们渴望得到我们这些党员干部的帮助就像饥饿的人渴望得到面包，我们能坐视不管吗？千军万马要奔小康，不能掉队一个呀。我们党员干部都要有这样的意识，只要还有一家一户乃至一个人没有解决基本生活问题，我们就不能心安，我们必须毫不犹豫地带领他们一起奋斗，一起脱贫，脱贫攻坚，只有参与者，没有旁观者。既然这等同于一场伟大的战争，而且不亚于抗日战争、解放战争，就该有"牺牲"和付出。战场就摆在那些偏僻闭塞的贫困村，现在被我老马赶上了，算是我的幸运，更是我的荣耀。

老马没有豪言壮语，在脱贫攻坚的关键时刻，只有满身的劲儿要使出来，一句话："自己就是要在脱贫攻坚的战场拼上这把老骨头，把贫穷这个恶魔杀得个片甲不留。"在老马的坚持下，他成了当年市级机关选派到贫困村的年龄最大的"驻村第一书记"，一开始，村里的人都以为来的第一书记是个年轻人，他却半开玩笑地说："我年轻着呢，走路干工作哪样我会落下？"他自称"大龄青年"。一阵爽朗的笑声把大家逗乐了。老马告诉我："我从小就在偏僻的农村生长，也是从穷人堆里爬出来的，深知村民的温厚善良，但劣根性就是懒，很不愿意改变。我们就是要通过脱贫攻坚，让不愿改变的一群人在短时间内彻底改变，这是一件多么重要的事啊，恰好被我遇上了，为了国强民富，我冲了上来。"

老马驻扎的红星村，位于乌蒙山中的一个狭长的山坡上，沿河边狭窄、曲曲折折的公路绕上去，一直抵达山顶都属于该村所辖范围，站在山顶，整个村犹如一只豆荚尽收眼底。到村后的第一个晚上，老马站在坡顶的住处屋檐下张望，感觉茫茫无际的夜里，远处模模糊糊的大山，就像是一只只困兽在喘息着，而且还能看见山间偶尔闪闪烁烁的灯火，听见远处近处偶尔三两声鸡鸣狗吠。和自己打交道多年的城市比起来，简直是天壤之别——穷乡僻壤，不闻车马声，与陶渊明笔下的地方差不多，他仿佛又回到了年轻时候工作过的那些地方。

还没有进入实质性的工作，老马就陷入了深深的思考，他在思考中不断地整理自己的思路，在这晚的日记中，他写道："自古创业多艰难，成功路上无弱者，不管有多少困苦，只要能改善村里的状态，都要知难而上，主动作为。"老马这辈子为党为人民工作几十年，可以说是积累了一整套基层经验，现在居然还能用得上，这就叫英雄找到了用武之地，轻车熟路，老马很快就找到了自己工作的突破口。

早晨的太阳还没有出来，老马走在村子的小路上，露珠调皮地眨着小眼睛。许多村民都还在酣睡中，可老马已经在想办法如何首先把村两委班子拧成一股绳了，他知道："这是首要任务，抓紧的拳头才有战斗力。"任何一个地方，只要拳头强了，有了坚强的战斗堡垒，还有什么困难不能克服？在老马后来的一番"拳脚功夫"整顿下，班子成员之间过去存在的一些问题逐个得以解决，逐步把心思集中在村子的脱贫攻坚上，俗话说："人心齐泰山移。"马克星当然移不动泰山，但下决心一定要改变红星村。

通过带领村两委一班人对全村128个贫困户深入细致的调研走访，一些实际情况让老马进一步认识到：这些村民之所以跟不上步伐掉队，仍然在贫困窝坑里挣扎的主要原因，还是观念上的巨大差异,思路决定出路。具体说,既有先天的气息不足,也有后天的营养不良,红星村有红星村的情况,如果盲目照搬一些地方的做法,只是一味地给予这些贫困户一些救助,说不好还会导致揠苗助长,欲速不达,到头来,扶不起,而且还会留下一些后遗症,你让我养殖我不愿意,你让我种植我推托没技术没有劳力,你让我搬迁我觉得条件不成熟,或者是借口不方便生产生活,你有你的美好愿望,我有我的难言之隐,这样,工作还是被动的,根本也干不好事情,最后事与愿违……看来,脱贫攻坚还得从解决一些迫在眉睫的问题着手,以问题为导向,从眼前的热点难点中迅速撕开一道口子,尽快打开工作局面。

走访困难群众

村子里有一段断头路,摆了好多年,是村民们的一块共同的"心病",其实是过去镇、村给村民打下的"白条",村民都在说,村干部能不能干事,看这条路就知道了,村民去后山镇赶集得绕眼前那条泥泞的山路7公里,如果这条山道不能修成公路,不仅影响贫困户的出行和发展,同样也制约了更多村民的发展,更直接影响村民对干部工作的认可度。老马和村两委一班人商量,必须举全力修通这段路,把村民心里的"疙瘩"尽快解开。

老马请来专家测算,需要 40 多万元。以老马这些年积累的人脉和能量,虽然这笔钱可以寻求上级帮助解决,但是,老马并没有这样干,老马自有老马的一套办法,要不然就不是老马了。他找来一些人做工作:"古人说得好,吃自己的饭,自己的活自己干,靠人靠天靠祖上,不算是好汉,还是自力更生,自己投钱投劳干。"一开始,一些人公开反对老马:"眼下脱贫,不是说上边有的是钱投入吗?白用白不用,你老马竟然抠起我们来了。"老马就不高兴了:"我们是在中国,又不是加拿大,可以'大家拿',政府的钱袋子也是我们每个人的钱袋子,管好用好人人有责,如果一味赖着政府救助扶持,完全靠政府大包大揽,没有发挥我们自己的主观能动性,那还叫扶贫?那是救助,吃救济粮,一辈子只知道拿救助救济,还算过日子?天上不会掉馅饼,政府的支持和关心不是要让你变成懒汉,不是要让你一味等、靠、要,给你支持,你就要努力去发展,去奋斗,幸福是奋斗出来的,不是捡来的,当然,我们也不能前怕虎后怕狼,即使发展过程会有失败,也会从中学到经验,关键是失败之后要敢于面对,敢于再战,阳光总在风雨后。"在老马的坚持和自己捐资带动下,村民们有钱的出钱,有力的出力,无钱无力的主动参与到修公路的大事中来。通过努力,终于把修公路的事落实了。而老马却在劳累中病倒了,村民们劝他先休息几天,他却随便地吃了几包药,又奔跑在工地上,他告诉大家:"自己好歹也是一百多斤的

'牛肉',壮着呢,这点小病小痛肯定死不了,谢谢关心。"

通过老马他们近两个月的奋战,终于如期啃掉了这块制约全村发展的硬骨头,望着这条直接连通山外的水泥路,老马学着村子里的"小年轻",为了方便,他居然买了一辆摩托车供自己出入村子,整天就像是一个斗士,看着他那副精神爽爽的样子,怎么也想象不出他已经是年近花甲之人。公路建成那天,村民们锣鼓喧天,热热闹闹地聚集在村委会的操场上庆祝,老马在会议上自豪地讲:"我们就是要变帮我脱贫为我要脱贫、主动脱贫,我们必须坚决克服掉那种等、靠、要的懒汉思想。"他的讲话,获得了雷鸣般的掌声;同样,因为付出,他也因此逐步得到了村民们在心底里的认可。

"农村是个很懒人的地方,只要愿意贫穷,就没有什么大不了的事了,要么娶妻生子,或者打单身,照样都是过日子,今天和昨天差不多,没有什么两样。"老马带着治懒治穷的使命而来,一门心思还是在为村子培育经济支柱上,他觉得,一个村,只要扭住一项产业的"牛鼻子"不放就能成。他不提倡搞五花八门,更不能今天搞这样明天搞那样,那样费神费力而且到头来一事无成。应该说,许多地方,前些年在这方面都吃了不少亏,而且人为地影响了政府在老百姓那里的公信力,不但没有发展成支柱产业,而且把村民折腾得心烦气躁。但是产业毕竟经济的"源头活水",问渠那得清如许,为有源头活水来,老马给自己下了通牒,他在村子里担任第一书记期间,必须替村子搞起一项支柱产业,把这方经济给支撑起来。

于是,在他的坚持和努力下,就有了如今的站在山岭上望下去落入眼帘的大大小小的牛棚鸡舍，一字排开；要是侧耳倾听，还能隐隐约约听到牛的哞哞叫，如果要是在早晨，就还可以听到公鸡的打鸣声响成一片，这种感觉被老马形容为："万鸡齐鸣"，在村子里瞬间汇成一条鸡鸣的河流，面对这样的场景，那是什么感觉啊，就一个字：爽。老马告诉我："现在，你已经置身我们村的3000亩养殖基地，3000亩园区式的家庭农场，按照有机、绿色、环保理念经营，并借用现代化的互联网信息平台进行市场销售，直通全村103个贫困户……"这简直就是一个扶贫攻坚的创举，尽管老马没有更多地谈及过程有多么艰难，但是我作为一个在农村工作多年的基层干部，已经完全能够理解和感受，总之，要干成这样的事情，不是几句话描述的。在采访的时候，我对老马主导创建这样的农场，取得的业绩只有一个动作，站起来对着他，高高地竖起大拇指，并对他恭恭敬敬地鞠了一躬，并真诚道一声："老马书记，您辛苦了。"我由衷地佩服他的那份敢作敢为的魄力。如今，奇迹已经在村子里发生，村民们看到了，老马已经为他们铺出了一条金光大道，无论今后会是什么样的结果，也许已经不那么重要了，相信只要大家把握得好，村子的发展一定是前所未有的。

"要创建这样规模的一个农场，还真不容易。老马已经把腿跑肿了，嘴皮磨破了，脸也晒黑了。"也许我们在农场的诞生中，可以找到了老马留给我们的那副农民模样的答案。老马和我断断续续地聊道："引进什么样的公司，以什么样的方式投资，千头万绪啊……这些还算不上是最头痛的事。老实说，还是农民那里的工作最难做，土地是靠山吃山的农民的命根子，种和收都是他

林地确权

们的分内事，也是他们的全部梦想和企望之所在，哪天突然让他们不种不收了，而且还要他们交出来统一经营，你没有当过农民，肯定不知道他们的那种感受，那就如同把自己的孩子交给别人代养，别人再好，他们依旧是一千个一万个不放心呀。一方面他们总是希望能有更大的收益，另一方面，他们又担心别人经营不好，哪天要是公司垮掉了，一拍屁股走人怎么办？"为了打消老百姓的种种顾虑，老马只好带着村干部们挨家挨户，一次又一次地，苦口婆心地去做说服工作，有的家庭就连自己都不知进出过多少次，差点踏破了门槛。"饿了啃几口面包，渴了捧两捧山泉水是常事，是不值一提的。"老马的工作是靠"磨"出来，或者说，农村农民的工作其实都是磨出来的。而这样的努力，要是得到了村民的认可也算是值得，问题是，很多时候，弄不好村民们还会骂娘，要得到众多村民的理解是多么的不容易啊。面对村民的不理解和抱怨，老马是这样看待的："没有什么大不了的，忍着吧，一切为了脱贫攻坚，总有他们理解的那一天。"经过他和村两委会一班人的努力，前期已经建成的标准化鸡屋牛舍500个，可以养殖黑羽蛋鸡2万只，肉牛100头，种植玉米1500亩，以这样的规模计算，应该每年可以为村子挣得2000万元以上，分摊到农户每个人身上，人均增收都在2000元以上，一个三口之家，每年就可以增加6000多元收入，这该知道村民脱贫的底气从哪里来的了吧。

  修好了断头路，打开了通往外界的经济之路，而且又发展起了产业，可老马还是没有停歇，老马快人快语，一句话道出了真相："扶贫攻坚任务艰巨，停歇就完不成任务啊。"在乌蒙山地区，规定期限内的扶贫工作，必须快马加鞭，很多地方的基层干部，岂止是"五加二"，"白加黑"，完全把所有时间都赔进去了，但大家只有一个心愿，那就是让贫困对象尽快脱离"苦海"。接着，老马又把心思落在了希望之路上，落在了人才的培养上，再穷不能穷教育，再苦不能苦孩子。谭扬和喻小燕两个孩子考上了大学，这对一个贫困村来说，那可是天大的喜事啊。人生三大喜事，儿女考入大学，那是头一等，亲朋好友都会互致祝贺，自己家里要是轮上了，谁都会高兴得合不拢嘴的。可是，交不起学费却让两个孩子和两家的父母愁眉苦脸，整天唉声叹气，怎么能让希望不会变成肥皂泡？"种百年树，读万卷书"，老马深知知识对于孩子的作用和影响，立即召集村两委班子成员商量解决办法。

首先是发动全村人都来捐款：你10元，我8块……把一点一滴的爱心都汇聚起来，聚沙成塔，集腋成裘，一份份沉甸甸的厚礼交到学子手中。可是，这还不够，老马只好通过各级政府争取一些政策上的关心与扶持，而且也把自己的养老积蓄取出两千元资助他们。好不容易，终于圆了他们的大学梦，新学期如期入学。离开村子那天，两个孩子一定要请老马书记喝上一杯，老马书记本来平时是不喝酒的，可这次他破例喝了，老马喝得满脸通红，神采飞扬，就如同当初自己的儿女考上大学一样高兴。在老马的倡导下，村子里还用村民自发筹集和向政府争取等方法弄一笔钱作为"助学希望基金"，主要用于解决贫困生圆梦入学，孩子的希望之路在他的争取下得到延伸，通往山外的路越走越远。

老马过去学过医，对不同贫困个体的差异，他就喜欢采取老中医的行医办法，望闻问切，对症下药，为他们开出行之有效的良方，药到病除。该村2社的刘世才，早年在外打工，因为没有文化，做的都是苦力活，钱没有攒到多少，反而弄出了肺气肿、支气管炎等毛病。衣烂从小补，病从浅中医，刘世才没有钱，没去问过病，发展到后来，连走路都是气喘吁吁，留着半条命，只好退守一亩三分地，回到村子，过着日出而作，日落不息的日子。他们家在村子里掉队了，深陷在贫困的窟窿里，挣扎了许多年，还是不见起色。后来，妻子丢下一双儿女离开了这个家，从此杳无音信，把一个没有女人的家抛在风雨中，随时都可能吹散在地上。儿女们学习成绩都不错，可是就连供养都成问题，"上学学费无着落，我害怕他们失学"，刘世才说起这事就唉声叹气，老马对他深表同情，根据因学致贫，因病缺劳力的实际情况，他对这个贫困户采取了四条措施：一是争取孩子减免学费，申请助学补助；二是列入贫困救助，危房改造补助；三是鼓励发展养殖，养鸡鸭、喂猪增加收入；四是把土地流转出去，增加收入。老马采取这样的方式扶一把，刘世才就有机会翻身，刘世才表示："除了政府照顾，我也要通过自己努力，力争早日脱贫致富，让孩子早日成才。"

红星村1社的何德英丈夫在20多年前因肺结核去世了，她一个人拉扯着两个女儿长大，靠着自己的勤劳，她推倒了茅草屋，建起了砖瓦房。眼看要有好日子过了，偏偏一场大病降临到她头上，正所谓辛辛苦苦几十年，一夜回到解放前。在辗转西南医科大学附属医院等诊治、手术过程中，欠下沉重的债务，两个女儿的婆家同样是贫困户。何德英含着眼泪对老马说："自己还想多活两年。"老马在鼓励何德英安心养病的同时，给她提出了六条针对性的解决办法：一是帮助她享受低保，每月定期发放低保金；二是定期对她进行体检；三是帮助申请医疗救助；四是协调民政给予救助；五是对自己的土地进行流转；六是落实危房搬迁。照单全收，何德英的贫困问题迎刃而解。

老马书记驻村一年多以来，为村民到底做了多少事，肯定没有人能记清楚，反正大事小事，鸡毛蒜皮的都在做，表面看起来老马人上了年纪，好像有些啰嗦，只有你要是真的变成了他的那个角色，才真正知道这些事都少不了要去亲自过问，群众事无小事。基层干部，最重要的就是要贴近老百姓，认真倾听，他们的疾苦、愿望、诉求都依靠你去帮助解决，你就必须成为值得依靠和信赖的人。老马在这里的职位虽然不高，只是第一书记，但他的作用却不可低估，村子里的老百姓已经离不开他，哪里都需要老马。老马只好披星戴月、忙里忙外，就连周末周日都很难回家一趟。好不容易回去一次，说不定还没有跨进家门，村民的电话又打过来了，他整个人都套在村上了，镇党委书记罗斌告诉我们："老马整天都在忙碌，把村子打理得井井有条，就像一个持家有道的家庭主心骨。"脱贫攻坚的新长征路上，老马一路前行，奋勇争先。

勇于肩负使命的人是高尚的人，忘我为他人工作的人是纯粹的人，他把别人日子过得好不好放在心上，落实在行动上，自己再苦再累也不肯停下来歇歇脚，我们该为他的心系人民点赞，更该在朋友圈里转发他的脱贫攻坚事迹。在乌蒙山地区乃至在全国的脱贫攻坚工作中，我们惊喜地看到，无数的老马正在战场上奋力扬蹄，日夜飞奔，相信他们一定会和其他更多基层党员干部一道，披荆斩棘，不负众望，如期圆满完成任务，交出满意的扶贫"答卷"。

脱贫攻坚这条路上，老马书记的目标是实现村民共同富裕，决不落下一人，他表示：离交答卷的日子已经不远了，必须快马背上加一鞭，以超常行动，创新思路扶贫。老马也对我坦言："自己目前最大压力是，家庭农场虽然形态已经出来了，模式也很不错，但业态还不容乐观，包括业主资金压力等一些问题已经逐步突显出来，他们已经感觉到力不从心，能否顺利投产和长足发展，最终实现增收脱贫，村民们都在翘首以盼。"

八、扶贫重扶智的"智多星"

"在我们的国家里，目前最脆弱的群体是谁呢？当然还是老百姓，一个老百姓敢对谁有什么奢望呢？但他们还是希望有个依靠，哪怕关键时刻能帮他说上一句话也好。事实上，很多时候我们的干部是漠然的，缺乏对他们怜悯之心，鱼水之情。"和"小马书记"开篇的话题有些沉重。2016年2月22日，正月十五，来不及陪6岁的儿子过元宵节，马小洪一大早便带着两位朋友，从泸州直奔叙永县摩尼镇金榜村。"好不容易托朋友联系上他们，愿意众筹，和村民一起养牛，得带他们去实地考察。这个元宵节不能和家人一起过了，还好能得到家人理解。只要是走在这条路上，不仅我，还有年幼的孩子，年迈的父母，辛苦工作的妻子，可以说我的整个家庭，都在为脱贫攻坚付出。只要是值得，哪怕就是生命也在所不惜。"

扶贫攻坚，犹如一道闪电在神州大地闪烁，酷似一声惊雷在乌蒙山地区炸响，在具体实施的主战场上，全民都是参与者，没有旁观者。各级各部门都必须积极行动起来，教育部门和从业者也不例外。2015年12月，四川化工职业技术学院的经管系主任马小洪主动提出申请，请求组织安排派驻到村工作，这样，他就成了叙永县摩尼镇金榜村的"第一书记"，负责组织和开展金榜村的精准扶贫工作，儿子不到6岁，老婆忙于工作，他却只身来到了百里之外的陌生之地。在脱贫攻坚战役中，智力支持是根本，在这深山野岭上，来了位智力型的高知识分子做第一书记，村民们格外振奋，对于渴望得到支持发展的村民来说，更是如久旱遇甘霖。

镇领导在给我们做介绍的时候，亲切地称他"小马书记"，高校来的，我们都称他"扶智书记"。后来又进一步了解到，在摩尼镇，熟悉这位扶贫干部的人已经相当多了，在当地的扶贫干部中很有名气，熟悉他的人都称呼他"小马书记"。当大伙都习惯这样称呼一个人的时候，他就像我们所依赖的阳光和空气一样，不知不觉地让人感到亲切。值得一提的是，无论是红星村的老马书记，还是金榜村的小马书记，都是我们最为可亲可敬的扶贫干部，他们立着是一种信念和精神，就算倒下也是一座时代的丰碑，在天地间闪光。

"这是我们的小马书记，组织派来的精英。"站在我眼前的小马书记名叫马小洪，身材高大壮实，脸部黝黑透红，乍一看，完全是一副山里汉子模样，村子里的一位老妇人背地里有些心疼地告诉我："小马书记刚来的时候可没有这么黑，是云贵高原上的太阳紫外线太强，把他给晒黑了。"小马书记见我有点吃惊，告诉我："这是每天上山下乡风雨阳光滋养的结果。"老妇人很有点像小马书记的母亲在一旁唠唠叨叨，可这样的唠叨很温暖人，我的母亲早在十几年前不在人世了，对老人的这份关爱特别有感觉，我觉得简直暖到心窝子里去了，倒是爱听。

初来摩尼镇的时候，马小洪和其他乌蒙山地区驻村第一书记一样，已经接到上级这样一道"命令"：必须在两年之内，带领村民实现全面脱贫。而那些对象也并不是那么好对付的，他们早已经习惯这里的生活，习惯自己原来的生活，一个外地人，要去改变他们，那是多么困难的事啊！很简单，举个例子吧，他们习惯了与猪牛生活在一起，祖祖辈辈都是这样，要去把他们分开，容易吗？还有，他们一家人挤在一间屋子睡觉，在外面的人看来，觉得很别扭，可他们怎么说："分开了，睡不着。"面对这样的实际情况，怎么办？就需要日复一日的努力，既然不是一下子能办到的，只有慢慢地来。

迫在眉睫的是，增加收入和寻找增加收入的门路，而他所负责的金榜村情况又是怎样的？我们来看看吧，全村辖区面积15平方公里，村下辖5个社，共525户，2168人，其中贫困户64户，218人。马小洪虽然是理科老师，可天生对数字并不敏感，但这几个数字却很能记住，只过目一遍就牢牢地印在脑海。两年之内，要把它们彻底消化掉，身上的担子有多重，面前的路有多长？马小洪毕竟过去只是一名高校老师，没有做过群众工作的经验，要消灭这样的数字心里还是没有底，但是，他能估计得到，这并不像做一道数学题那么简单，起码要用更多的时间才能行。

他立即赶回学校，果断地交接好自己在高校内的工作，再返身回来，他在摩尼镇租了房子，将"家"安在了摩尼。2008年起，小马研究生毕业参加工作就成了一名教师，工作从未走出学校，"我到了村上，如何开展工作很有些不知所措，不知从什么地方干起，经济落后不用说，关键是思想观念、文化程度、劳动力缺乏等，条条蛇都咬人，我们要做的是改变别人的工作，要让这里的人思想变得活跃、开放，要活得有精神，有干劲，看到希望，看到变化，看到发展，这样，他们往后的日子就不难了。"想得再多，不如一个行动，脱掉皮鞋，穿上雨靴，撸起袖子，小马立即就转型成了市上派驻摩尼镇的第一位全职扶贫书记，一切从头开始。既来之则安之，干脆就扎下根来不走了。为了方便能随时到农户家中去开展工作，马小洪首先自己掏钱给自己配了一辆轻型摩托车作为自己的坐骑,"这个骑着方便快捷,特别适合金榜村的公路,加上我自己带来的那只伴随自己三年的挎包,便成了我这位第一书记的对外形象",眼前的小马书记说着笑着。

为了掌握金榜村的准确信息,更为了能取得乌蒙山区的山村村民对这位年轻人的信任,接下来,马小洪利用一个多月的时间,起早贪黑,一人一车跑遍全村5个社的525户人家,家家户户都留下了他的足迹,哪一家收入少、哪一家缺劳力、哪一家有病人,他心里都有数了,可他说:"自己还不能做到哪家牛要下崽,哪家猪要销售都心里有数,就还不算是一个彻底的金榜村人,可以这样说,我从来就不打无准备之战。"

马小洪的优势在做事很细心,包括以前做教师,到学生家中家访,他也不会走马观花,在这深入调研的过程中,获取了大量的第一手资料。在致富能手家中,他通过他们了解到了金榜村的经济发展现状、农民增收渠道、资源优势和发展潜力等;在党员、村、社干部家中,了解到了村"两委"班子现状及存在的问题;在科技示范户那里,了解到了农村教育和科学知识、实用技术等情况,搞清农民在发家致富方面所缺少的知识和信息等;在矛盾纠纷的农户家中,了解到了影响农村稳定的主要因素,以及群众反映强烈的热点、难点问题,在贫困户家中,深入了解贫困户基本情况,实地考察贫困户产业发展……

精准扶贫,关键字在一个"扶"字,弄不好,有的根本就扶不起,比如死皮赖脸地趴着就是趴着那种,别说扶,就是生拉硬拽,他也照样一动不动,说不定还要骂人,你又能把他怎样?当然还有另外一种可能,那就是你拉我,我被动地走几步,可等到帮扶的人前脚跨出门，还是没有真正地扶起来，依旧在一边不断地呻吟自己穷。扶贫不是请客吃饭，要是没有主动性，再怎么拉拽也只是徒劳。为防止贫困户再次落入贫困的深渊，彻底摆脱贫困，马小洪觉得，必须突出强调扶根扶本的这一思路，扶在"刀刃"上，从源头增强农村经济"造血"功能才能实现真正的脱贫。小马书记还在调研过程中发现，除了那些贫困户，村子里其他已经富起来的村民其实也富不到哪儿去，顶多只能在村子的矮子充当高人，只不过，在相比之下，可能要稍微好一点。因此，除了贫困户，小马书记也争取多到不是贫困户家里走一走，看一看，不能只抱着那几个贫困户工作，他们毕竟只是少数，要让多数带动少数，争取多数人更加富裕，少数人步入多数人的行列。马小洪决心来个对症下药，他的目标已经不只在那些建档建卡的贫困户和贫困人员上，而是面向全村人民，让已经比较富一些的村民也进一步富裕起来，并通过他们带动那些之前就已经掉队的绝对贫困户，因此，他的任务比起别的地方来，又重了许多。

　　依据走访调研得来的数据和区域实际情况分析，马小洪认为，在这个村走农村经济产业化的道路可能才是明智之举，这条路也许真的就走得通，"产业是经济的发动机"，是增收致富的摇钱树，是精准扶贫的铁抓手，但需要因地制宜找到适合的产业，才能扶到根子上、点子上。马小洪过去学的就是产业经济学（产业经济与区域发展），在大量实地考察和与农户、企业、工厂商榷的基础上，他着手为金榜村制定了初步产业发展规划：一社以种植核桃、富硒水稻为主；二社以中药材种植为主；三社以种植油茶和大户养肉猪为主；四社以露天蔬菜为主；五社以烤烟种植为主。很快，他就把一张布局的网撒向了整个村子。

农户家中了解产业发展规划

村民思想观念、文化水平诸多因素导致对产业、企业、市场还没有清晰的认识，即使思路确定了，推进农业生产规模化、经营企业化、产业特色化，走发展现代农业之路，肯定还需要做大量艰苦耐心的工作，而这，主要还是要做引导工作，只要引导工作做好了就成了，村民也并不就是黄鳝头——不开窍。接下来，他把大量的时间耗在依据"自愿、依法、有偿、规范"的原则，引导农民按照市场机制进行土地与山地使用权流转这一件事情上，走村到户是家常便饭，院坝会、小范围拉家常，户与户相互做工作，所有能想到的办法都想到了，精诚所至，金石为开，哪怕"铁核桃"都能撬开一道缝。

马小洪看来，合作社作为一种新型市场主体，在市场经济最前沿摸爬滚打，决策往往更靠谱，更能反映市场需求，所以通过支持合作社带动贫困户发展产业，可以让市场机制更好地发挥作用,同时又能提高扶贫产业的组织化、专业化水平,更好满足市场需求,因而能取得更好的减贫效果,合作社还能够将村民有限的农村资源整合在一起,作为一个整体与大型企业开展合作,实现互动,促进村户经济发展,因此,他确定了下一步的发展方向,那就是——积极排除村民的各种杂念,化繁为简,依托金榜村现有的种植、养殖专业合作社,以合作社的方式努力促进村户经济发展。

宏伟的计划需要一步一个脚印去走出来,马小洪作为一个"空降"的第一书记,要想说服所有的村民都按照自己的规划来做,光靠设想和理论是完全不够的,"满腹经纶"要变成实际行动绝对会付出很多,但是,马小洪凭着自己的那股韧劲和倔强最终实现了。当了解到金榜农庄种养殖合作社在养牛,但是由于规模较小,存在种种问题,没有发挥出规模经济效益,马小洪反复琢磨,创造性地给出了"众筹扶贫"全新养牛合作模式。这种模式,后来被推广为"小马模式",在叙永县以及周边地区广泛实践和运用。

作为众筹养牛在金榜村的发起者,马小洪利用自身的人脉资源和自己的公信力,采取向村民和社会集资,将所得资金委托给金榜农庄作为养牛的专项资金,农庄做好相关台账和管理工作,肉牛销售获利按比例分红给出资人,打造出了第一个"四川化院-金榜农庄众筹扶贫养牛示范基地"。在落实众筹养牛模式过程中,马小洪主要抓住至少两个环节,一是核心人物,大胆把自己投入到运营中,利用更多朋友和亲戚对他的信任发展壮大;二是抓住技术板块,众筹的持续与否关键在是否有效益和回报,养牛项目必须通过技术提高经济效益,实现赢利。此外,他还抓住了技术这根"牛鼻子",这样,持续发展就有望实现了。

模式落实下来收到的实际效果是,一方面扩大了农庄的生产规模,帮助农庄获得规模经济效益,另一方面也解决贫困户就业问题,一举双得甚至三得吸引了村民发展的眼球,为规模发展产业打下了坚实的基础。如今,金榜农庄的肉牛已经达到了130多头。"金榜农庄的众筹养牛成功了,就能给金榜村的村民看到实实在在的致富路子,在众筹的模式之下,会有越来越多的村民加入到养牛的行业,打造出几家'合作社养殖示范户'进行规模性生产。"马小洪说,示范户不仅限于养牛,还养鸡、养鸭、养猪等也采用这样的模式。

用基金增强贫困户"造血"功能是"小马模式"的配套措施,具体做法是引导贫困户发展产业增收致富,同时探索村集体收入。马小洪把向所在单位争取的10万元专项扶贫资金改变了以发放落实到贫困户手中的模式,在镇政府监督下以基金的形式由村委会统一管理使用。根据前期调研贫困户产业发展情况,由村委会按照公平公正公开和便于管理的原则,重点在金榜三社和五社确定信誉好、产品及服务可靠的农户,打造出几家"合作社养殖示范户"进行规模性生产。示范户所需的生产资料经费由基金垫付,同时由金榜生态农庄负责进行技术指导和生产管理,确保农户能掌握养殖技巧又确保农户在养殖过程中保证农产品的质量,示范户养殖的产品由金榜农庄统一销售,所得收入除了归还基金垫付资金外全部由农户所得,贫困户再利用所得收益在金榜农庄的监管和指导下进行规模化养殖、种植。这样既保证农户不需要担忧买不起生产原材料,又能让金榜农庄在销售市场上得到规模化的效益。而基金通过这种为村民垫付生产原材料的方式逐步解决贫困户的"造血"能力,最终所有贫困户脱贫之后,该基金将会以"众筹养牛"的模式循环投入到金榜农庄,所得收益作为村委会的集体资金,用于村公共事业的发展。

烤烟种植是叙永县摩尼镇金榜村的重要产业,第一书记马小洪(右)深入田间地头,和村民一起了解烟叶长势

村民贫困原因各有不同,有的是因为缺乏劳动力,有的是因为缺乏资金,有的是因为交通不便利。缺乏劳动力的贫困户,没有办法像扶持示范户一样帮扶他们实现脱贫,对于此类贫困户,除了定期不定期地开展扶贫关心和慰问外,马小洪利用自身人际资源,自己亲自充当"销售员",利用周围的同事圈、微信的朋友圈等为贫困户筹备"以购代捐"资金,以略高于市场价向农户预定土特产品,鼓励贫困户根据自己实际情况养殖土鸡、黑猪等劳动需求量小、见效快、收益较高的产品,重点帮扶特殊对象,

解决农户短期脱贫问题和培养贫困户劳动致富意识，不是一味地"等、靠、要"。

"如今的扶贫，谁都知道要发展产业，其实，即使发展了产业，还是不能彻底解决贫困问题。"马小洪认识到，"还必须要把产业逐步变成'品牌'。"只有充分发挥乌蒙山区地域资源优势，才能形成能生根发芽的区域品牌，马小洪在大量的调研和市场比对后发现摩尼镇的"高山蔬菜"和松树熏制的腊肉与市场上的同类产品相比有着相当大的优点，采取稳生产促发展的方式，根据四川化工学院等高校食堂的实际需求，与金榜村生态农庄签订固定供应协议，落实配送时间、配送品种、产品质量要求等，通过订单式农业生产销售服务模式，建立稳定的销售渠道，带动全村经济的发展。由马小洪倡导在金榜四社建立的"四川化工职业技术学院有机农产品供应示范基地"，既保证了订单式产销模式的稳定性，又在市场上形成稳定的"摩尼高山蔬菜"品牌印象输出流。马小洪还利用其单位经济管理系电子商务、物流等专业优势，借鉴贵州遵义湄潭县农村淘宝平台建设的先进经验，支持摩尼镇政府和金榜村搭建农村电商平台，盘活核桃等易储存农产品，开发特色农业，推广优质农产品，打造品牌农业，提高产品销量，扩大生产规模，发展农产品电子商务，搭建"互联网+农业"电商平台，联系居无忧等，建立电商体验店。针对初高中放假学生、返乡青年和政府工作人员，进行"摩尼镇电子商务进农村"专题培训班，大大提高了电商创业的兴趣。指导学生把握创业机会，申请营业执照，开办农产品电子商务公司，入驻高校创业孵化园，协助销售和宣传金榜村特色农产品。"群众的大事小情,对我们来说就是6个字:缓不得,急不得。要做好精准扶贫,就要从点滴做起。"马小洪说,"我希望有一天,我们的金榜村的产品能够像合江荔枝、沙县小吃一样在市场上产生品牌效应,从而带动摩尼乃至整个乌蒙山区的农业经济发展。"

"治贫先治愚,扶贫先扶智,扶贫要始终把扶智摆在第一位,不是缺啥买啥,买一个电视机也许不如买一只书包,给一笔钱不如送一个人去入学,这个道理很简单,为什么还要坚持送东西拿钱,我反正是搞不懂。这样的做法,也遭到一些不是贫困对象的质疑和妒忌。"马小洪利用自身在教育部门独有优势,实施教育、文化扶贫,采取村校对接,农校融合,利用学院的教学资源帮助有条件的贫困户培养人才,根据孩子们的智力、学业情况,马小洪通过努力说服其自身单位采取"3+2模式"、单独招生等形式打通贫困学子升学通道,帮助贫困学子申请学费减免、国家补助和提供勤工助学岗位,使其顺利完成学业,通过学校培养让其学到一技之长,学有所成。与此同时,学院还先后在摩尼镇中心校、新苗学校、摩尼中学等学校挂牌建立"对口支教学校"和"'精准扶贫'教育实践基地","社会实践基地",把它们确立为定点支教单位,建立常态化村校合作机制,进一步拓宽人才培养路子。

采访过程中,在马小洪看来,自己在扶贫攻坚工作中,尽管大家都在夸奖他的众筹养牛模式,但是,真正最漂亮的一笔,并不是它,而是重点落在了教育上、智力扶贫上,教育扶贫也许暂时还看不出很大的效果,相信过不了多久,就会逐步显现出来;贫困户、贫困人员的掉队落伍和文化素质、思想观念等密切相关；文化素质、思想观念的提升不仅关系着扶贫攻坚的质量和硬度，更关系着整个民族的希望和未来。

百万
九、三斗米村民的"抓钱手"

"娃儿,你又回来了,真好!"春节的假期刚过,80岁的罗奶奶一大早看到回到村子开展工作的驻村"第一书记"胡凌鸣时,拉着他的手絮叨着家常,显得格外亲切。罗奶奶的高兴发自心底,也代表了全村人的心情,正是这位从泸州市直机关工委的科级干部走进田间地头、从城市孩子变为农村娃儿的驻村"第一书记",让村民在2016年获得了分红133万元的"大红包"。"今年春节,与以往不同。"人逢喜事精神爽,三社村民罗老三兴高采烈地说,"原来的春节,喜庆之余人们总有一种对来年未知的不踏实感。自从胡书记来到村子,经济、生活都发生了翻天覆地的变化,特别是今年过年,'家中有粮,心中不慌',从心底发出的笑容挂在每个人的脸上。"

　　回想起刚到村里时的情景,胡凌鸣依然历历在目。市里要选派第一书记参与脱贫攻坚,胡凌鸣毫不犹豫地报了名。周围有人在这样说,农村工作环境艰苦、工作千头万绪、扶贫任务那么重,你怎么还那么兴奋?胡凌鸣微微地笑着没说什么,他心里想:这正是我要的舞台,看我的!到最基层、最艰苦的地方去,到群众最需要我们的地方去,一直是我的向往,古叙贫困县将是我扶贫攻坚征途的第一站。夜晚的灯光下,年轻又基本没有农村工作经验的三斗米村第一书记胡凌鸣摊开笔记本这样写道:"扶贫虽然没有硝烟,但我这次要去的三斗米村,是省级贫困村、空壳村,既无企业,又无集体经济,要致富,得要做好流汗、流泪、甚至还要有流血的准备,相信有各级强大的组织保证,有领导的信任,我一定会在'娘家'市直机关工委的强大支持下,打好主动仗,出色完成这次扶贫出征的,如不得胜,绝不收兵。"

按照泸州市委组织部的统一安排，驻村第一书记报到后要先在镇里熟悉一周工作，可是胡凌鸣为了抓紧时间，盘算着利用晚上住在镇里的时间与值班干部聊天来"补课"，报到当天下午就入村与后山镇三斗米村两委班子见了面。晚上回到镇上的宿舍才发现，空荡荡的房间里只有一张床、一床被子和一个垃圾桶，没桌子，没椅子，没水壶，最为关键的是1200多米高海拔的地区，竟然没有烤火取暖的设备，冬天的山区又冷又潮湿，当晚胡凌鸣就被冻感冒了，由于不适应环境，感冒又发展为肺炎，将近一个月才好。"在脱贫攻坚的'主战场'，我来就是为了扶贫，有些工作可以等一等，但脱贫攻坚却一刻也等不起。"胡书记把这一切都当做农村工作的考验，反而更坚定了扎根农村的决心。

行走在三斗米村这片土地上，胡凌鸣常常陷入很深的思考："这辈子自己还没有见过这样穷的地方，废渣连天，庄稼难种，都说士之节气者，不为五斗米折腰，可我胡凌鸣可是已经在组织面前立下了军令状的，甘愿为这三斗米折腰。"昔日后山铁厂炼钢铁时烟熏火燎和挖煤矿时污水横流的村子，远眺近看，方圆几里地，被重重废弃铁渣和煤荒包围，几乎见不到一抹绿色，成了远近都不多见的一片绝地。三斗米，顾名思义，一年产不出三斗米。一个有着几千名村民的村子，山高路陡，仅靠这三斗米肯定不能填饱肚子，可是又没有别的门路，天不绝人，地却是绝地，要想脱贫谈何容易？面对着新环境、新任务、新挑战，从不服输的胡凌鸣没有退缩，为了尽快融入到工作中，他一点一点地克服着困难。"对于第一书记这个上面派来的干部，村民、村干部既充满期待、又满怀'戒心'，既期待第一书记能切实改善自己的生产、生活水平,又担忧第一书记空有名头、流于形式,甚至有人认为这个富二代第一书记下来工作不过是沽名钓誉、捞取政治资本的作秀。"到村后,胡凌鸣先从党员干部、村民代表那里走起,想通过入户走访、座谈交流、田间地头唠家常等方式,拉近心与心的距离,但是,他却和许多驻村干部一样,一上来就碰了不软不硬的钉子,但胡凌鸣以自己的真诚、热情、务实、肯干的作风点燃了村干部的工作热情,并且尽快赢得村两委的信任,带给了村民"发展的希望"。

走访贫困户

为了要让村民尽快改变现状,让他们的思想变得活跃、开放,让他们活得有精神,有干劲,有梦想,找到破解村子的发展难题的"阀门",胡凌鸣一入村就马不停蹄展开调研。一周就走遍了村子,健步如飞,村里的罗支书感慨地说,"胡书记把几年的路都走了,一看他就是干事的人,三斗米村幸运地遇上了这样一位驻村第一书记"。通过入户走访、实地勘察,胡凌鸣摸清了村里的基本情况,弄明白县、镇的发展定位与支持方向,分析该村的发展瓶颈和相对优势,并邀请有关专家出谋划策,制定了"三斗米村经济发展五年规划",将高山蔬菜种植、特色养殖、特色乡村旅游初定为村里农户的产业发展方向。"我才不会盲目地买一些猪、牛、羊送给他们喂养,一头猪有一头猪的生长环境,如果不了解就买下,那是费力不讨好,人家根本就没打算喂猪,而是要准备出去打工,你这样一来,打乱了人家的计划,让人家左右为难,如果喂大了,市场不好,花了时间赚不了钱,别人会受到伤害,如果喂不大,一场病没了,你会责怪,是不是会搞得人家里外不是人呢?"胡凌鸣和村两委一班人针对村子提出了这样的发展脱贫模式:

在加快发展生态养殖业上,牵头组织引导本地土鸡养殖大户、丫杈猪养殖大户,成立叙永县后山富邦养殖专业合作社,并采取"专业合作社+党员大户+贫困户"和"党员大户+党员贫困户"等结合方式,通过"六个一模式"引导党员示范带头发展鸡、猪、牛养殖,从而调动村民参与热情。

加快发展绿色茶产业,在已种植500亩精品茶叶苗木的基础上,进一步招商引资,扩大种植面积至1000亩。加快发展壮大蔬菜基地上。

扩大绿色蔬菜种植面积,加强玉米基地、辣椒基地的管理,不断扩大规模,形成具有后山特色生态的农业产业化项目,使其不断增加效益。

加强茶叶、油菜花及油茶的管理上,争取吸纳160个贫困户就近就业,为每户增加了近500元的收入。

加快发展乡镇旅游产业,坚持把发展乡村旅游与助农增收致富充分结合,村党总支与四川瑞祥油气田有限公司对接,由其采取扶贫捐款的方式捐赠 50 万元人民币由三斗米村自主根据地理环境条件优势,规划建设不同类型、不同特色,具有观光、采摘、垂钓、度假、健身、科技示范多种功能的生态旅游农业项目,种植观赏油菜花,建成索道、自行车道等。配套建设游乐区、仓储中心、停车场、办公区及宾馆等,乡村旅游成为村民们增收致富的主要砝码。在整合帮扶资源上,多方争取支持。

  胡凌鸣奔走在市县各级部门,积极汇报,争取支持,就在我去采访的前两天,他从县上赶回村上的路上,开着车正在飞奔,突然山上一块飞石掉下,砸中了车子的前额,回忆起当时的情景,胡凌鸣多少有些后怕:"要是车再快一秒,说不定我已经成烈士了。"扶贫路上的艰险随时都可能出现,我赶快提醒他:"安全第一呀,要注意保重身体。"可他却早已把生命放在扶贫之后的位置,"命大着呢。"说着抖抖身子骨,扶贫这条路上,没有牺牲是不可能的。

  在他的坚持和努力下,一些部门和领导纷纷提供对三斗米村资金和物资、还有技术的支持,这种解决暂时困难的做法,并未找到真正的脱贫致富路子。村民们坐在一起议论纷纷:"这扶贫是不是一阵子风吹过,我们还是我们,上级来的人就都拆走了?"这样的议论,更是坚定了胡凌鸣的决心:"既然我胡凌鸣来了,就得干出个样子,给村民留下胡凌鸣在这里扶贫攻坚的深深印记,到了以后再返回来的时候,他们还会想得起胡凌鸣,还会招待我吃豆花腊肉。"

  "与其让村民各自找出路,不如大家合伙干,扶贫不能是简单的注资，更重要的是要为发展注入活力，没有活力只会变成一潭死水。"通过市直机关工委常务副书记陈笑冰等领导和胡凌鸣热烈讨论，逐步形成了"资源变股权、资金变股金、农民变股民"的"授人以鱼不如授人以渔"的扶贫共识，在各级领导的大力支持下，胡凌鸣带着镇村干部横向联系叙永、合江等地的四海集团等多家农业产业公司，依托三斗米村生态种养殖业资源优势，指导成立叙永县后山富邦生态养殖公司、富邦养殖专业合作社；市直机关工委和县民政局各支持 3 万元的帮扶资金，作为贫困户的入股资金，扶持贫困户参与入股专合社，并通过全村集体入股、群众筹资、土地入股等形式，筹集资金 300 余万元。并建立相应的激励机制。集体资产经营管理收益中，个人股东占分红股的 70%，三斗米村集体占分红股的 30%；总利润的 40%分红股作为企业发展资金，其余 60%用于当年分红。贫困户在与非贫困户同等享有村集体公司分红外，通过"特殊群体入干股"的形式，年底比非贫困家庭多享受 20%左右的分红，促使贫困家庭尽早实现脱贫奔小康。

　　动员村民入股之初，一些村民并不理解，说胡凌鸣是在哗众取宠。胡凌鸣知道很多事情在老百姓那里是有口难辩，那就不如采取实际行动加以落实。他和村干部一道背上方便面、面包、矿泉水等上门做深入细致的工作，一口气利用二十多天，顶着酷暑，汗流浃背，走访了 200 多个农户。终于，三社的李老四交来了第一笔股金 3 万元。2015 年，除夕那天，16.2 万元土地流转金全部发放到村民手中，从质疑到肯定，村民对这个"说一不二"的书记，从此增加了认可度。

李慎富笑嘻嘻地说："现在自己一天最低的工资是八十元，最高可能挣到一百四五十元，一个月就得了三四千元。"富邦合作社主要联合当地的土鸡蛋，青山岩米，龙凤酱油，原生态猪、牛、羊等一些叫得响的土特产共同打造三斗米牌特色农产品，并在省工商总局注册了"三斗米"商标，其中的乌蒙贡米米质就比较好，自然孕育，没有采用任何的化学剂；而土鸡蛋主要是老百姓自己养的鸡产的鸡蛋，是最纯正的绿色食品。

　　担任合作社理事长之后，理事会多数人赞成一份劳力一分代价，给予胡凌鸣相应的工资，可他坚持分文不要："是组织派我过来帮助村民的，没有组织和领导的关心，我什么都不是，既然我是组织的人，我就不会要的，钱不是唯一的价值取向。"最后，在大家的反复要求下，他才答应了每月一块钱的象征性补助："作为第一书记，我真的不能要一分一厘，作为合作社理事长，这样的象征性可以有。"翻开胡凌鸣办公桌上的日历，隔三差五就会看到"卖鸡蛋135斤"、"卖鸡蛋50箱"的记录。胡凌鸣不但带着村民跑成都、下重庆搞销售，还会利用各种场合、线上线下等手段进行推介，推销村里鸡蛋，于是就有了今天50箱，明天135斤这样的记录。在胡凌鸣看来："要说扶贫也不是仅仅抱着几个对象不哭，而是要着眼未来，着眼发展，走出去请进来，让更多有识之士和社会资本参与进来，如果只靠自己节衣缩食，即使把政府每一分钱都花在扶贫上，甚至让别的工作因为没有钱而滞后，必然会导致畸形出现，得不偿失，在扶贫中更要注重协调发展！"胡凌鸣是这样思考的，"他们有许多原生态的好东西，我可以利用我的人脉和资源，做推销员帮忙推销出去，让更多人能吃到,然后又寻着这个渠道回来,而老百姓发现有市场,他们就会主动去发展,这样形成的产业就是有生命力的!"他带领大家多次上门推荐专合社出产的本地丫杈猪、西门达尔肉牛、本地土鸡及其他各类蔬菜生态产品,与市级十多家单位食堂建立了良好的合作关系,农副产品成功入驻泸州 4 家商业超市并中标合江县 18 个乡镇 86 所中小学校营养餐配送。截止 2016 年底,三斗米村参股股民已经达到 369 户,全村建档立卡贫困户 169 户,其中参股 150 户,其余 19 户贫困户均在专合社务工创收,而专合社实现销售产值 1300 余万元,净利率达 10%,年度给村民分红金额达 133 万余元。

了解群众生产生活情况

精准扶贫户的腰包逐渐鼓起来,而且,其他村民也得到相应的实惠,正在阔步迈向小康路,村支书笑呵呵地说:"我们当地农户受益超过一千户,每户现在平均增收一千五百元左右了。"鉴于胡凌鸣在扶贫攻坚中的突出贡献,得到了省市领导的多次肯定并获得了上级组织多次表彰,并且他的"农民变股东助力脱贫模式"也在许多地方进行推广。在成绩面前,胡凌鸣在采访时一再告诉我:"不要宣传我个人,再说我也真的没有做什么,我离上级的要求还很远,迫在眉睫的是,产品资源整合了,还要把旅游业尽快搞起来,随着真人CS、攀岩、1000亩地质公园、油菜花等项目的推动,才能够让村民每年真真正正地增收三千到五千元,让他们彻彻底底奔小康。我作为组织的人,无论何时何地,都会踏踏实实地做好我该做的,愿为三斗米折腰,向组织交上一份扶贫攻坚的合格答卷。"在我眼里,胡凌鸣也算得上是一条铁骨铮铮的汉子,讲到苦和累,他表现得很平淡,总是默默无语,在他的驻村办公室进行采访的时候,室内温度仅为零下两三度,空气又十分潮湿,真是冷得让人受不了,我已经全身在发颤,忍不住问了一句:"冷不冷?"他微微一笑说:"习惯了。"城里暖暖的"窝"他不呆,偏要长时间地呆在这里,责任也好,使命也罢。呆着,呆着,就习惯了,应该是真的习惯了,显然他没有我对这里的寒冷那么敏感。对着眼前的"富二代"年轻人胡凌鸣,我对他肃然起敬。说对他"肃然起敬",也不知道合不合适,我该怎样来表达这样的意思?就先留着这个词儿吧。

到三斗米村开展脱贫攻坚工作以来,胡凌鸣一路马不停蹄,昼夜奔波,一下子远赴佳木斯与当地企业签约向三斗米村的企业供应产品的合同,一下子又在贵阳洽谈建生产合作社的项目,他在微信里和我聊道:"这两年,飞机、火车就是最好的床铺,为了一方老百姓的富裕和幸福，为了贫穷偏僻乡村的振兴，苦点累点也是值得的！"

　　胡凌鸣告诉我：扶贫的根本还是解决贫困地区人民群众的思想问题，让他们充分理解扶贫的目的和意义，既要感恩顶层殚精竭虑的苦心，更要感恩包括第一书记在内的基层干部夜以继日、苦力帮扶的内在实质，主动配合，积极参与，而不是为这事整天苦恼和茫然、不知所措，甚至产生抱怨和感觉自己被逼感。在党的十九大报告中，充分肯定了近五年来脱贫攻坚取得的决定性进展，特别是在减贫人口总数和贫困发生率下降方面所取得的伟大成就，但同时也旗帜鲜明地指出，"脱贫攻坚任务艰巨"，要"坚决打赢脱贫攻坚战"，"坚持精准扶贫、精准脱贫"，必须把顶层、基层和对象三方的努力汇集成磅礴力量，心往一处想，劲往一处使，才能在规定期限内"真脱贫，脱真贫"，让乌蒙山实现历史性的飞跃。

十、北京来到古蔺深山的"亲戚"

"巍巍乌蒙山哟连上了天，滔滔赤水河哟欢声一片，悠扬的山歌唱出幸福万年，一壶郎酒醉美人间……"一曲动听的《古山蔺水》，唱出了古蔺山水的美丽，道出了位于北纬28度上的这方红土地的神秘。四川省古蔺县，郎酒是它的金字招牌，伴随郎酒响彻在神州大地的，同时还有一块醒目的招牌，那就是国家级贫困县，就在这块生存80余万人的红色土地上，直到2012年，却还生活着11万多的贫困人口。

2015年，国家开发银行选派的优秀年轻干部李学征，一位出生山东临沂的汉子，离开北京优越的工作环境，带着到乌蒙山地区古蔺县扶贫攻坚的使命，奉命出征，一路折腾，到古蔺县麻柳滩村担任第一书记。来的那时候，高速路还没有通达古蔺县城，只能到叙永之后再改走山路。盘山公路坑坑洼洼，已经跑了很久了，可车子还在不停地往深山里开，好像还没有要到达的意思，李学征落得惊慌和疲惫缠身，等到钻进麻柳滩村的时候，这位山东大汉差点就掉泪了，李学征出生在农村，小时候吃过不少苦，但是比起这里的人来，那些苦不值一提。李学征把过去自己和眼前的村民做比较，不比不知道，一比吓一跳，这里的村民们实在是太穷了，他们太需要帮助了，在李学征的思想里，深刻地认识到：脱贫攻坚，不仅是国家的战略，同样也是我们每一个中国人的重任，必须毫不犹豫地担当起来。

李学征在北京工作期间，就时刻关注着贫困地区父老乡亲的遭遇和命运，也常常节衣缩食为贫困群众捐款捐物，贫困学子、孤苦老人都曾经得到过他的扶持，到达麻柳滩村，在与贫困群众广泛接触后，他才深刻地认识到：脱贫攻坚，任重道远。

李学征一路折腾着换乘飞机汽车，走盘山路到达古蔺县城，第一感觉就是这个地方的确太远了，太偏了，一头是繁华大都市，一头是贫困小山村；一边是舒适的生活条件和办公环境，一边是电压不稳，蚊子横冲直撞；到达麻柳滩村的山下，还要换乘越野车上山，再走过泥泞的小路，才能到达简陋的村活动室，这段路程虽然不长，但是让李学征对贫困的感受更加深刻。来之前，虽然对当地的情况在思想上做了充分准备，但基础设施的落后和生活条件的艰苦，还是有些出乎他的意料。环境的反差，加上语言不通，造成了极大的心理落差，要说支撑李学征的，是一份情怀，想到能帮助很多贫困群众脱离贫困，第一书记这个平台，也有干事创业的空间，在这个岗位上，既能创造更多的社会价值，也能更好地体现个人的人生价值。

麻柳滩村地处乌蒙山区，是四川省建档立卡贫困村，有681户3536人，贫困户128户556人。全村辖区面积11.3平方公里，有耕地1960亩，林地6850亩。虽然山青水秀，但却山高坡陡，交通不便。山对面说句话听得见，走过去要半天。由于条件艰苦，外面的姑娘又不愿嫁进来，导致村里光棍多。而且，村里留守儿童和空巢老人也多，大量田土抛荒，贫困面大，贫困程度深，形成吃水难、行路难、住房难等问题。面对贫困状况，唯有克服所有这些困难，才能转换角色，融入这里；唯有敢于担当，才能打赢脱贫攻坚战。

"麻柳滩村没有一寸硬化水泥路，邻村的水泥路到该村就成断头路，落后的道路设施给村民造成极大不便。村两委几次动意、几次搁置，主要原因是资金不足。我到村后，村里再次将修路提上议程，既有现实需要，同时也有试探的意味。面对这块难啃的骨头，我没有退缩，发扬开行人敢于担当的品质，迎难而上，经过多次汇报协调，行里支持道路建设资金225万，同时，动员群众筹资30万元。春节后，村里就开始环山道路的建设，经过2个月艰苦奋战，完成了环山路的硬化，从根本上解决了群众出行难的问题。"

走村入户的过程中，经常会碰到能触动李学征内心的情况，在走访贫困户的路上，他就碰到一个叫王芳的小朋友，竟然头枕着书包在路边睡着了。李学征把她叫醒，跟她去家里看看，家里的房子外面墙壁开裂，里面破烂不堪，家里没有一件像样的家具，因为常年用柴火烧饭，屋内被烟熏得漆黑，她家里只有她和父亲两个人，父亲50多岁，一直未婚，王芳是抱养的，家里的情况实在是让人心酸，后来向他宣传易地扶贫搬迁政策，动员他到聚居点建房，还给他评了低保。

李学征告诉我，像这样的情况还很多，真是处处催人泪下，特别是一些孤寡老人，留守儿童，他们的生活简单，孤寂，非常不容易。走访贫困户李雪的过程中，李学征也深深地被她家的情况所刺痛，李雪家有5个孩子，她的丈夫前年去世，李雪常年在外打工，患病的婆婆帮忙照顾孩子，最大的孩子11岁，最小的孩子才4岁，5个孩子是典型的留守儿童。贫穷不是孩子的错，但是贫穷却让孩子承受了很多，在为生计奔波的时候，再苦不能苦孩子，其实是一句苍白无力的口号。李学征自己的孩子也只有3岁，最能体会到作为父母对孩子的爱，那是无私的。如果不是因为贫穷，谁愿意离开家乡，离开妻儿父母，四处奔波流浪呢？

接触越多，感触就越多。男儿有泪不轻弹，可是，李学征发觉自己来麻柳滩村后，感情变得比以前更丰富了，这感情，既有对当地村民艰难生活的感伤，也有对当地村民的感动和感激，感动于他们面对困难时的乐观，感激他们让自己的心灵一次次得到洗礼……

看望老党员

麻柳滩村，山高坡陡谷深，立体气候明显，七分山一分水两分地，其实这也是整个古蔺县环境的一个缩影，难怪古蔺被列入国家贫困县的行列。刚到村子，几位老人就立即围住李学征："小李啊，你来我们村，什么都不用干，只要帮我们把公路修通就行。路不通，我们的林竹、牲畜根本就卖不出去，烂掉的水果都是我们花时间种植出来的啊。"一路颠簸进村的李学征，突然就被几句朴实得不能再朴实的话语感动了，毕竟这道出了全村人民的希望，大山无语，村民企盼，日复一日，年复一年。以前，李学征曾经在报刊上见到过"要致富，先修路"的提法，甚至他以前在北京国家开发银行工作的时候，曾经天真地从理论层面思考过中国的扶贫攻坚应该以交通作为牛鼻子，必须紧紧地抓住，但他却从来没有这样切身感受过公路对一个地方来说，真的有如此重要，如此迫切。一路走着，李学征这次亲身感受了"山对面说句话听得见，看起来一步就能跨过去的，走起来却要老半天"的状况，交通不便导致的民房破旧、偏僻和贫困十分抢眼，李学征心里有些莫名其妙的酸楚，除此之外，他就是感觉肩上的担子格外地沉重。在这之后，李学征用了整整一个月的时间，跋涉在村子崎岖的山路上，鞋破了，脚起血泡了，回头看到村民那一副副期盼的眼神，他就又沉默了。李学征用自己从山东走到北京的脚"征服"了整个村子曲曲折折的山间小道，走遍了村子的每一个角落，他在日记里这样写道："村子的路好像比自己当初进京的路还难走。"那天早上，村子的至高处，朝阳升起，满怀征服道路的胜利喜悦的李学征沐浴在万道霞光中，村民在远处看去，他整个人就如一尊坐在霞光中的金身，村民们跪拜"佛身"的念头都有了。李学征遥望远处的赤水河源头，一边感叹当年红军四渡赤水的艰辛与坚毅，一边把自己现在工作地方与老家做比较："山东老家的村子，再怎么一个周也能走个遍，村里道路平坦，农户集中，可这里却是处处受交通条件制约，要说这里的乡亲们，日子过得真不容易，全靠肩挑背磨。"

  古蔺县有着富集的旅游文化资源，这其中包括黄荆原始森林、赤水河、太平古镇、天地宝洞等自然人文景观，也包括当年毛泽东同志指挥的历时72天的四渡赤水，其中54天在这片土地上转战的红色文化资源，为了让养在深闺里的"女儿"找到好婆家,真正把资源变成扶贫攻坚的大产业,县上确定了优先打破交通瓶颈的战略,除了积极争取修通叙古高速,叙大铁路等接通外界的大通道,每年还要挤出数百万资金用于县域交通建设,但对于辖区面积3000多平方公里、地理位于四川盆地和云贵高原接壤地区的山区县而言,那简直就是杯水车薪,虽然通过多年的努力,交通状况已经有所改变,但投入资金仍然难解大面积乡村公路建设之需。面对县财政每年基本靠国家转移支付过日子,要得到县财政支持需要等待时间的实际情况,而扶贫攻坚又有明确的期限,根本等不起,拖不起,李学征大胆地确定了"大力争取外援、实施会战交通"的工作思路,无论如何得首先拿下交通不便这只拦路虎,再利用便捷的交通去打赢扶贫攻坚战。

　　李学征白天走访村民,晚上就和村社干部、群众代表一道商讨修公路的有关事项。"别看是群众迫切希望修通公路,但是实施过程却是非常的棘手,这样那样的具体事务非常多,而且非常缠人,必须消耗大把的精力。"李学征抬起头,继续告诉我,"窗外的这段公路,刚好硬化完毕,硬化之前,需要拓宽,这就要占到两农户的一部分土地,在赔偿问题上,我们却是花了几个通宵才谈成,签字那天,也是一个不眠之夜。"像在扶贫地区修通公路这样的事情,我们写文章的人,完全可以随便一句"争取多少钱修了多少公里路"顺带而过就行,但不管李学征也好,还是张学征也罢,要真正地去落实,的确都并不那么容易,完全不是我们可以想象的难度。再难也要完成——是底线,也是红线,只能前进不能后退。李学征在克服了无数困难之后,先后为麻柳滩村完成公路硬化9公里,新修公路近20公里,先后争取到各种交通

在修路现场察看

建设资金近2000万元。这还仅是公路一项。毕竟扶贫攻坚工作千头万绪，我曾经问李学征，扶贫攻坚工作到底有多少事要做？他说这样和你说吧，反正就算没有事，你也空不下来，况且事情不是一般的多。本来就是这样，在扶贫攻坚中，李学征逐渐悟出了这样一个道理，除了吃饭，任务就是扶贫攻坚，满脑子就只有它，除了它，还有什么？

李学征在发展产业扶贫上始终注重规划先行，在对全村进行详细规划调研和认真思考之后，提出了"最能体现川南乌蒙山区农村特色、最符合麻柳滩村自身实际、最有科学性和可行性"的二最要求。在充分征求村委会意见后,特聘深圳四川中恒设计公司对新村进行规划设计,还注重把符合当地的产业规划融进去,将养殖和种植有机结合,做到既有短期发展又有长期布局。村里有位叫罗刚的年轻人,看起来沉稳踏实,站在面前就让人觉得他是个有想法有干劲的人,李学征就支持罗刚建立养鸡基地,并帮助罗刚与古蔺麻辣鸡业主签订原鸡供应合同,有效化解了市场风险。在罗刚示范作用引领和带动下,村子里10余个贫困户逐渐走上规模化养殖道路,现在,买主开车到村子里来,突然要买走三五百只鸡鸭,只需找他们就解决问题了。在种植业方面,按照规划,全村已经种植甜橙2000亩,桃子1000亩,茶叶1000亩,基本实现了种植产业全村覆盖。

  脱贫攻坚工作把李学征自己与贫困乡村渐渐融合,他逐渐地认识到,有主体性和反思力的农民,在扶贫攻坚工作中更需要被唤醒,而这个过程中,根本还是在教育,不管道路有多畅通,产业有多兴旺,如果只是外在的改变,到最终还是不能彻底摆脱贫困,真正的脱贫是要实现内心和思想观念的改变,人的素质提高,扶贫必扶智,让孩子们接受良好的教育,是扶贫开发的重要任务,也是阻断贫困代际传递的重要途径。李学征深刻地意识到了这一点,就在抓住教育这个根本上功夫,着手从孩子的教育抓起。村里共有两所小学,其中,麻柳小学有小学生100名,山顶还藏着一个千峰小学,只有不到50名学生,两所学校都有一个显著的共同点,那就是教室破烂,学习用具简单,学生学习的氛围不够浓厚,在这位第一书记的努力争取下,学校得到了当地党委和政府以及社会各界的大力支持,除先期对教室粉刷一新外,还新添很大部分的学习用具，泸州的一所学校还专门把舞蹈、音乐、绘画等平时学生的稀缺课送了过去，国家开发银行不但从北京送来了价值3万元的书籍和学习用品，并专门安排了两所学校的7名教师到北京培训学习一个暑假。李学征为了整合资源，便于管理和教学，通过耐心细致的走村到户做工作，说服了村民，把村民一直坚持存在的两所学校合二为一，重新修建新学校，彻底改变教学条件，还多方引入了新教师。在国家开发银行上挂锻炼的原古蔺县统计局局长张黎和第一书记李学征的互动协调努力下，以扶智建制为引领的国家"两后生"教育助学贷款资助项目试点工作最近顺利落户古蔺县。顺着他的手指出去的方向，我们看到，一座崭新的学校就将立在村子的平坦地带，一位村民自豪地对同行的县国土资源局领导炫耀："窗明几净的学校不仅城市的孩子有，在北京的努力下，我们村子的孩子也享受到了。"虽然不是说给我听的，我也感受到了深山中的村民，为拥有一个北京来的第一书记而自豪。

村支书赵立远给我们讲："北京书记早把我们村子当成自己的家了，他平均两个多月才能回北京探亲一次，怀着二胎的妻子，孕期反应强烈，身体虚弱，还要照顾三岁的女儿。"我想问李学征，想家不？何必问呢，家是每一个人的牵挂，是每一个人出发的地方。但李学征始终秉承国家开发银行"以国为家，为国奉献"的精神，沉下身、安下心，一心扑在扶贫攻坚工作上。虽然与这里的老百姓非亲非故，来之前，甚至连古蔺的具体地理位置都一无所知，可自从担任了麻柳滩村驻村第一书记那天起，他就攀上了这里的一帮子穷亲戚。我们所到之处，村民们纷纷竖起大拇指:"我们虽然在深山,却有远亲,而且还是北京来的。"看来,村民们已经从骨子里认定了这门亲戚,有人说,大城市来的人,不喜欢认穷亲戚,可是,可能他并不知道,亲人才不会随便和大城市的人攀亲戚呢。

李学征从贫困群众日常所需的柴米油盐酱醋茶入手,从立足发展做好扶贫工作,一点一滴地付出真情,就像一位地地道道的中医,针对贫困顽症,始终注重"把脉、对症、处方、预防、处治"每一环节,把一腔扶贫热血挥洒在乌蒙山地区的这片土地上,与家相隔千里。在妻子和女儿需要照顾的时候,却不能陪在她们身边,李学征感到愧疚,因为没有尽到一个丈夫和父亲应尽的责任,妻子和女儿却很能理解李学征,为了避免影响工作,李学征和妻女实行定期通话,每次视频时候,女儿总是蹦蹦跳跳地陪着妈妈在一旁安慰李学征:"一定要好好工作,我们等您完成任务回来为您庆功。"他十分感谢妻子女儿的理解,眼眶总是禁不住湿润润的。

李学征绘制的麻柳滩村发展规划,正在一步步抓紧落实,为让希望具有可行性和可操作性,他为麻柳滩村共争取到了各种项目资金2000多万元,作为血液输入麻柳滩村的血管里,使村子逐步具备造血功能,而这其中,还有他向"娘家"国家开发银行积极争取的捐赠资金就达225万元。乌蒙山地区的扶贫,某种情况下讲,是一种反哺革命老区的具体行动,李学征用当年麻柳滩人帮助红军,支援长征的那种精神全身心地参与到乌蒙山地区的扶贫攻坚工作中,不忘用自己的精力和心血回馈老区人民,"不负春光不负卿"。麻柳滩村民们看完了电视剧《马向阳下乡记》在私底下议论：我们的这位北京"亲戚"，有点像电视里的主角，没有架子，就像是当年读书出去参加了工作又回来帮助我们的邻家孩子。

行走在山山水水间，徜徉在红色历史长廊里，我对北京来的扶贫干部越发敬重起来，李学征告诉我："这几天正在外面为当地产品跑销路，必须为大山里的产品杀出一条'血路'，为农民真正解决后顾之忧，为发展起来的产业拿到'绿卡'。"

采访过程中，我从李学征的话语中隐隐地觉察到：一些贫困户仍然存在这样的想法，李学征他们这些人下来，就好比救苦救难的菩萨降临，客观存在讨要的心里，而且还不容易轻易满足，比如今天你给了一台电视机，说不定明天又伸出手要一台洗衣机，而且相互还会攀比，别人要到了，自己也会厚着脸皮讨要，要是拿一次不予满足，说不定心里还会心里疙疙瘩瘩的。这种欲壑难填的依赖思想要彻底消除，可能要比消除贫困本身困难得多，如果贫困群体始终处于这样的被动和无赖，始终裹足不前，恐怕在脱贫攻坚结束"断奶"之后，能不能真正摆脱困境仍然还是问题。

十一、扎根华年村挥洒热血的"雷锋"

2016年4月18日,古蔺县二郎镇华年村第一书记罗宽仁在修建通组路的现场,得知该村村民邓政雄患脑膜瘤病情加剧,却因缺钱放弃治疗,从医院回到家中……情况十万火急,刻不容缓。4月19日,一个来自募捐平台,题为《家有癌症患者,帮帮他们一把》的帖子几乎天天被微信朋友圈转载。帖子的作者,就是罗宽仁。救助的组织,从华年村扩大到互联网……5月12日,56410元善款迅速筹集,交到邓政雄手上……

　　我所采访到的驻村第一书记中,做出成绩并且获得各种各样表彰的第一书记还真不少,但获得这个表彰的并不多见,罗宽仁在2017年四川省委宣传部、省直机关工委、省委教育工委、省国资委党委、省总工会、省国防科工办共同通报表彰的第二批49个"岗位学雷锋先进集体"和73名"岗位学雷锋敬业标兵"中,荣获"岗位学雷锋敬业标兵"称号。

　　眼前的男子,头顶光秃秃的,已经不见几根"草"了,草也明显枯败,脸上的皱纹更加明显,如果不是之前在电话里预约见面的,我几乎不敢相信他就是罗宽仁。我们可是多年前的"老哥们",他应该是只比我大几岁,可怎么会有这么大的变化?脱贫攻坚所经历的沧桑分明地写在脸上。"还在古蔺?"我这样对"老哥们"开始了采访,说话显得很轻松和随便,略带调侃。"还在,我在古蔺扶贫,党交给我的任务还没有完成,怎么没在?只要我负责的村一天不脱贫,我就一天不走,党对人民的承诺通过我们来实现,必须保质保量地完成。"早在2015年7月,罗宽仁就到了古蔺县二郎镇华年村担任驻村第一书记,时光转眼已经过去了近两年,如今,他仍然奔波在华年村艰辛的扶贫路上,吃住都在村上,一月半月很难回泸州的家一趟。

对驻村扎根下来的事,他是这样看待的:"你既然是来扶贫的干部,就得拿出点样子和态度出来,就连住都住不下来,就说明你的心没有安顿下来,每天匆匆地来,匆匆地去,能有足够的时间想事、干事吗?我们在下面绝对不能马马虎虎,应付了事,导致一些问题出现。上面的初衷肯定是好的,问题也不是出在上面,而是下头有许多人不去好好理解,好好工作,而是把实实在在的帮扶变成了纸上功夫,嘴巴功夫了,这种行为应该得到纠正和制止,不是讲资料做得有多么漂亮,账算得有多么好,说真了,那是骗人的,不是真功夫,硬功夫。"我这样和他说:"现在这扶贫可真是折腾人的事情,在市级机关呆着不舒服,这把年纪了还下来干嘛?早些年做跑田坎干部,和农民打了那么多年交道,还没摸清他们的脾性吗?现在的扶贫,是拉着拽着他们在走,你越是重视他们,就越是把尾巴翘得老高,要是两句话不合适,他们居然还敢对着干部们发脾气。"

他接过话题,继续说道:"这就不是那回事了。我们既然来了,必须与扶贫对象坐到一条凳子上,面对面,心贴心地交流,把话语说到心窝子里去,回过头,还要把事情办到节骨眼上去,把他们最想办又无能力办的事情办好。毕竟我们是带着使命来的,而不是带着怨气来的,只要有一两事情办妥了,他们有一千个一万个感谢回馈给你。如果我肯答应,逢年过节,会有吃不完的土鸡、鸡蛋、腊肉……可我不能要,我们扶贫干部要把鞋底擦得干干净净的,我的原则是带一颗赤诚的心来,不带一棵草走。"

由泸州市委编办派驻的第一书记罗宽仁深入基层、吃住在村，用近两年的时间，帮助村子找准了一条奔小康的路子，尽管他为此做出了莫大的付出，但在他自己看来，只要村子越来越好，就一切都值，可他的老婆却说太不值，以往一切陪伴的时间，都被扶贫占据了。看到两年前他亲自带领参与种下的千亩核桃，待到明年，可成规模挂果，还有辣椒基地也正式落成，随着通村路、通组路全面硬化，正好成为村里农产品运出的快速通道，届时，勤劳的村民们皆可致富。其实她的老婆也很理解他，毕竟党的工作需要他，贫困户需要他，被事业需要被人需要才能使一个人的价值得到充分的体现。

在乌蒙山地区，贫困村应该有几千上万个，贫穷的根源大同小异，条件制约、经济落后、教育悬殊……可每个村又有每个村的实际情况，但是，它们最终都得殊途同归，那就是都要富裕奔小康，千军万马都必须"过桥上岸"走向的明天。古蔺县虽然地处深山之中，通过这些年努力，特别是随着高速路的开通带动，整个县的交通大会战实施，乡镇都通了水泥路、白+黑，截止2015年，不通公路的村已经不多了，而华年村算其中之一。照这样看来，华年村又是贫困村中的落后村，罗宽仁肩上的担子不言而喻。罗宽仁在笔记中早有自己的思考："掉队太远了，差距太大了，必须要采取'转折'与'变化'的非常战略，缺啥补啥，把村子的'软骨病'彻底治好。"刚到华年村，罗宽仁仅用半个月的时间，就对全村80户贫困户进行了逐户走访。"走完才发现，最大的问题，的确就是没有公路，在这种山高路远的地方，没有公路就是没有腿，靠什么走出去，走进来？"路的稀缺，直接导致村民出行非常困难，产业发展严重受阻。

要致富，先修路。"一开始，罗书记说要修5、6社的通社路，我晓得那是一块'硬骨头'，困难太多了，成堆堆在那里，之前谁都不会去动这番心思去解决的，给他说修不成的，修不成的！没想到最后罗书记还真的干成了，而且还在其他没通路的社也干成了！"华年村5社社长王启六竖起大拇指夸奖他，世上的路千万条，条条路通往北上广，可在罗宽仁眼前，却只有扶贫攻坚的路一条，没有任何困难可以阻挡。

罗宽仁是怎么做到的？发动群众，发动群众，再发动群众，群众是历史的创造者书写者，当年毛泽东发动群众建立了新中国，今天作为第一书记，罗宽仁发动群众修路致富："在这个过程中，占地、缺钱，是基层修路最难解决的两大问题！"决定修5、6社通社路的第二天，他就立即组织村两委班子召开会议，讨论存在的困难，并联合热心群众成立领导组推进工作。大家一说到缺钱，罗宽仁就主动拍拍胸脯："大家不要担心，先干起来，钱的事我来想办法！"一遇到阻工，罗宽仁就立刻往"钉子户"家里赶，有个农户站出来为难罗宽仁："我不参加修公路，今后也不会用你们的公路。"罗宽仁也算是一个解决问题的高手，毕竟有多年的农村工作经验，做起事来，尽管复杂，仍然得心应手，用村民们的话来形容："罗书记就是一个'擦屁股'的高手，有一张手纸能擦，半张还能，即使没有，也要擦，一定要把问题解决得干干净净！"罗宽仁知道他是故意发怨气，就着手把过去摆下的遗留问题给他解决了。可是，农户还是不答应从他的土地上经过。精诚所至金石为开，到了最关键的时候，农户自己反而做出了退让，这一让，给社里节约了上万元，也给他自己让出了今后的发展道路。

在罗宽仁面前,困难就不是困难,"我下来就是解决问题的"。罗宽仁在修公路时,自己先掏腰包,带头捐出现金进行示范,与此同时,他还到市、到县对口帮扶部门争取资金、争取项目,千方百计补齐资金缺口安定民心;同时,对上面下来的一分一厘他都监管很严,确保用在"刀刃"上,在他眼里,扶贫资金也是"救命钱",是不可以随便动用的,即使辛苦了,也不能拿来花在别的方面,绝对不能发生"微腐败"方面的麻烦,罗宽仁不仅是第一书记,也是一个村民眼里的包公。

筑路群众与阻工群众发生口角,罗宽仁总是到场协调,并连续率村干部、附近群众到阻工户家登门拜访,讲道理、说政策,打"口水仗",解决的"鸡毛蒜皮"一大把……王启六社长告诉我们:"敢于抛弃原来缺乏规划的老路,4天时间挖出毛路,7天让700多米长、5米宽的泥石路从无至有,这是以前我们想都不敢想的扶贫速度。"从前,孩子们到村小上学,走小路普遍都要一二十几分钟;路通了,家长们骑着摩托载着娃儿走新路,不仅更安全,而且两三分钟就可以到学校了。通过上争项目、寻求捐款,发动群众集体筹资、投工投劳,华年村共计投入40余万元,建成5条碎石通社路,在短短11个月的时间里,全村就实现了社社通公路,全体村民享受到了实实在在的好处。然而,罗宽仁并没有停下来……争项目、筹资金,一年内就将5条通社路全部硬化,千方百计为华年村增收脱贫打好基础,提升群众生活幸福感。"罗书记的工作非常出色,在全县117位第一书记中,取得的成绩是名列前茅的。"古蔺县委常委、组织部部长刘松梅给予罗宽仁的工作高度肯定。

处理群众矛盾纠纷

说起来，华年村最大的问题还不是公路，而是用水问题，不管是生活用水还是生产用水，都是"靠天吃饭"，2015年7月，刚上任华年村第一书记的罗宽仁就寄宿在一户村民家中，一开始就尝到了无水的滋味，一连十几天的大旱天气，让整个华年村的村民根本无水可用，罗宽仁也一连十几天都没有洗上一次澡。十几天后，突然下了一场大雨，村民们欣喜地拿出自家的锅碗瓢盆接雨水，当时的场景深深地刺痛罗宽仁的心，他暗暗在心里发誓，一定要彻底改变村民的用水问题。顶着酷暑天气，罗宽仁走访了村内的每家每户，由村里的老人带着，在田间地头勘察水源，可一连几天下来，除了地里渗出的些许凉水，整个村里再无其他水源可用，通过和干部群众商量，他决定修建蓄水池。

为了自己村子里的群众能够喝上水，罗宽仁只好把自己的老脸豁出去了，他三番五次厚着脸皮到县水务局去反映问题，烦着工程专家尽快到村上考察确定修建地点。为了加快项目落地建设，他更是驱车到市水务局"催债"。"那段时间估计水务部门的同志看到我都头痛，但是我也确实没办法，能早一天解决问题，村民就能早一天摆脱靠天吃饭。"目前，华年村不仅建起了蓄水池，还在罗宽仁的多方努力下，维修了出现问题的4个水塘，又新增了3口水塘，彻底解决村民的生活用水，此外，他还从离村不远的河流入手，通过提灌的方式，逐步解决村子的生产用水。

"我是'田坎'干部出身，知道要想脱贫，还得要有产业扶持。"罗宽仁知道这是必须走的一步路，"可现实是，村民不太愿意发展产业，原因是以前曾经发展过不少产业，但是，都没有成功，一会儿栽一会儿砍，伤了村民的心，老百姓不干的事情，肯定干不好。"罗宽仁反反复复与干部村民们进行研究，把重心放在打消他们的顾虑上，为了让他们支持，他又把部分干部和村民带到产业发展成功的地方去考察学习，增加他们的发展信心和决心，在路上，他还在语重心长地对大家讲："我们家以前也是贫困户，但我的脱贫经历表明，人首先要有梦想，我从小就有梦想，一定要走出大山去学习、去生活，而不是像祖祖辈辈一样，一直守在那里，四门不出，守着贫穷，糊涂地活着。"

为了制定科学的产业发展路线，罗宽仁邀请相关专家进行实地考察，构筑起了"快"产业加"慢"产业的路子。华年村4组村民晏兴华把自己的田地承包给别人种植辣椒，除了土地收益，自己帮忙种植还可以获得一份工资收入，而且离家近可以照顾家庭，又可以接送孩子读书，"等到我们栽种有了经验之后，以后自己家里也可以搞上几亩，家庭经济收入就更好了。"晏兴华已经有了自己初步的发展思路。高产辣椒，正是罗宽仁提出的"快"产业。而在搞海椒基地之前，罗宽仁就和郫县豆瓣厂做了衔接，第一年作为试点，如果成功，就会加大种植规模，华年村就作为郫县豆瓣厂的海椒生产基地，这样就能很快地让群众脱贫致富。从海椒基地走出来，罗宽仁又带着我们辗转来到村里的"慢"产业核桃基地，查看核桃的长势。虽然核桃栽种后需要3年才能挂果，但其较大的市场需求量和较高的价格为村里脱贫致富增加了后劲，目前，全村24户建档立卡贫困户已有16户参与了核桃种植。罗宽仁信心满满地告诉我："目前，我们华年村产业逐渐强起来了，不但1000亩核桃明年可以挂果，还有100亩辣椒基地瞄准成都市场。"

　　罗宽仁又开始了新一轮的村民致富谋划，他将目光瞄准了旅游业，说实话，我不大看好他的旅游业思路，与我走过的乌蒙山地区很多地方相比，这里的旅游本身并不具备太大的优势。乌蒙山地区天然就是一个旅游"聚宝盆"，特别在"绿水青山就是金山银山"的理念指引下，包括过去那些光秃秃的石头山，由于进行了大面积的退耕还林，处处呈现出"山的坚韧，水的灵动"，出门就是一幅幅山水画，随处都是很好的旅游环境。边走我边和老哥们探讨："旅游投资大，见效慢，合适吗？"罗宽仁侃侃而谈："这正是我思考的又一慢产业，我们目前并不考虑大的投入，也不急于见多大的效果，只是采取那种滚雪球式的发展，随着周边旅游业的发展，再来撬动它。"

　　走在村子里的公路上，野花点点，不时有蜜蜂飞过来，远处的鸟儿叫得清脆，溪沟里的水声隐隐约约，我们常常碰到骑着摩托车或开着三轮车，拉着农具、带着笑容的老百姓，一碰头，他

与国土一起规划金土地项目

们总会停下车来主动和罗宽仁打个招呼:"罗书记、罗书记!又在忙啥子,要走我家坐会儿不?"跟在后面的狗早就熟悉了罗宽仁,对着他不断地摇尾巴。"不去了,不去了!还要到4社王启师家了解情况,帮忙争取贫困户易地扶贫搬迁政府补贴,空了再来!"罗宽仁微笑着,一边回答,一边迈着匆忙的脚步,向王启师家走去,罗宽仁去过多少次王启师家,他已经记不住了,王启师是个盲人,只要一听到罗宽仁的脚步声,他就会招呼:"罗书记,您坐坐吧。"

张平会老人已经80岁了,跟她一起生活的小儿子长年在广东打工,另外两个儿子分家后也长年在外打工,只她一个人在家。勤劳的老人一个人在家还养有猪和鸡,对她的帮扶主要是精神上的安抚和健康上的关注。几乎每周罗宽仁都要去看望她一次,提醒她注意安全,问问身体情况,只要身体不适都会根据情况,让她尽快去卫生院看病或是马上送她去看医生。虽然她现在老得记不清自己三个儿子，谁在哪里在干什么，记不住罗宽仁每次去都要给她讲的安全住房、低保、医疗等各种政策，但她却能清楚地记住罗宽仁，每次罗宽仁一去都会说"罗书记你又来了，你对我硬是操心哦"。每次扶贫督导组去她家核实调查，她说不清楚自己享受的政策，但总是忘不了说这句话："没得共产党没得你们这些好干部，我怕都死喽。"

面对紧迫的脱贫攻坚工作任务，罗宽仁根本就停不下来，"如果有一天我要回去了，要是他们拉着我的手，说以后还要经常回来看看，那至少说明，我做了什么让他们感动的事情，而且又让他们记住了。"

罗宽仁告诉我：说一千，道一万，扶贫是国家层面的发展战略，是党中央对全世界和全国人民做出的承诺，要完成这项伟大壮举，发动群众共同参与才是最为重要的，这就要帮扶他们的干部用心和他们一起找到一条因地制宜的发展路子，如果只让他们做"伸手派"和旁观者，而且还带着一大堆的苦恼上路，那就永远也无法实现真正的脱贫，但是，这又并不是一朝一夕的事，需要花比扶贫自身更大的力气去实践。"扶贫先扶志，否则永远扶不起来，精神贫困比物质贫困更可怕。一个人的物质贫困可能只是一时，但精神贫困可能伴随一生。想办法努力奋斗才能彻底改变贫困现实，争当贫困户不是什么光彩的事，只能永远处在贫困层，会毁了一生脱贫的斗志，更会毁了一家人甚至子子孙孙的未来。要把对贫困户、贫困人员的唤醒，把'补钙'作为首当其冲的任务，唯有他们迫切需要脱贫，才会燃烧意志和希望，成为真正的脱贫攻坚的第一主角，打赢扶贫这场攻坚战。"

十二、滋润富民村的"春风春雨"

"或许外面的人永远也不会理解,为什么脱贫攻坚这么难,贫困对象们很多时候也不明白:为什么非要帮助我们脱贫?祖祖辈辈习惯了的日子,为什么在这个时候一定要来个翻天覆地?正是这样观念上的巨大反差,使得这项工作变成了硬骨头,有着巨大的挑战性,顶层苦心、基层苦力、对象苦恼……没有退路,只有向前。"从小就喜欢各种挑战的王光伟这样和我拉开了话匣子。

"说我来了,一个贫穷落后村的面貌立即就改变了,这纯粹是吹牛,我作为亲自参与扶贫攻坚者,觉得不应该是这样的,我不是传说中孙悟空,根本没有那么神奇,我只是一个平凡的驻村干部,干的都是些鸡零狗碎的小事,我只是敢于去挑战……扶贫攻坚,只有发动这里的干部群众共同参与,主动作为,才有可能发生今天的这些变化。"在村子里的水泥路上,我和王光伟是这样聊开的,"在深入精准脱贫地区采访过程中,经常听到的是,扶贫攻坚,政府和具体做工作的人员今天给贫困人员、贫困户送了什么物资,明天又给送了多少钱,有的甚至还声称,把自己的工资都赔进去了,这种不是强调贫困户、贫困人员他们自己到底该做什么,在做什么的扶贫,显然是被动的,不可取的,这也并不是顶层设计的初衷。"

站在王光伟担任第一书记的扶贫村的山顶望去,整个村子被群山环绕,林间偶尔露出房屋一角,村前梯田层层叠叠,太阳出来,山涧的溪流、飞瀑、村庄、梯田和树木在云海中如隐若现,我在一边不断啧啧地赞叹这里就是人间仙境、世外桃源的同时,一边与王光伟拉开了采访的话匣子。"人,而且只有人才是脱贫攻坚中最为活跃、最关键、最重要的因素。"在从泸州市政府秘书三科来到古蔺县大寨乡担任第一书记之前,王光伟就一直在苦苦思索,如何调动人的积极性一起参与到精准扶贫工作中来。按照精准扶贫的要求,必须要有帮扶责任主体和帮扶对象参与扶贫,但往往的实际现状是,帮扶责任主体在拼命地帮,夸张一点说,简直是把"头发都干燃了",然而有的帮扶对象却还站在原地岿然不动,完全没有半点主动性和积极性,因此,王光伟认为,说到底,扶贫必须实现双向互动,他坚决反对那种"赡养式"扶贫,那样只会把"掉队者"变成懒汉,变成伸手派,而要下苦功夫让他们真正通过帮扶,振作起精神,面向未来和生活,出力出汗,获得自己想要的生活。

"那要怎样才能互动起来,共同参与?"王光伟所使用的点石成金法就是从扭转帮扶责任主体的心态入手,狠抓服务,把干部和群众的关系变成村子里溪水和水中的鱼儿的关系,谁也离不开谁,只有这样,做起事来才会顺畅。百句空言,不如一个行动,说的再好,停留在纸上终究还是一纸空言。"坐机关的年轻人,壶里有几滴水,要倒出来才知道",这不,一开始,村子里的老上访户老胡就在背后扇冷风点鬼火,这老胡就和电影《我不是潘金莲》里主人翁差不多,纠缠一个别人看来并不值得的问题二十来年,北京、成都的领导他都见过,当地去接过访的干部不知道有多少,而且老胡在村民那里多少还有点影响力,他的煽动,给王光伟的工作带来了一定的被动。

王光伟告诉自己:"不管我是谁,但我从群众中来。"自己的工作就是要在群众那里变被动为主动,迅速打破干群的"隔膜"。为了方便群众,倾听群众心声,他首先是把在泸州的家搬到了村子里,吃住在村子里,接着,他又把村办公室改为党群服务中心,放在群众方便进出的一楼,这都还不够,他又把自己的办公室更名为"第一书记驻村办公室",来了个开放式的办公。一系列的"接地气"动作,他与村民一下子就拉近了不少,除了在田间地头以及村民院子里经常和村民拉家常,群众有好事、有苦恼、有矛盾就随时直接到这里来与他倾诉。"让人家把所有想说的都说出来,做一个耐心的听众,接下来的事情就好办了。"王光伟接待群众有自己的一套,凭着这些,他就能把个别难缠的弄得口服心服。他自己带头,始终把做好服务放在第一位,认真解决好群众带过来的任何一件事,把自己的办公室办成了便民服务站,敞开着大门就迎来了群众敞开的心扉,有效地解决了服务群众"最后一公里"的问题,让群众感受到这样的干部关心群众、尊重群众、贴近群众。一开始老胡常常过来偷偷看看,看了又走了,尽管他邀请老胡,可他还只是瞧瞧再说。这样过了一段时间,老胡终于走进来了。可他对着王光伟说的竟然是这些话:"我虽然是贫困户上访户,掉队不掉价,我一样是有尊严的人,希望得到应有的尊重,否则我不会配合你的,你说东来我往西,你能把我扶起来吗?"

"你最好不要惹我,否则我会和你玩消失,到时候让你们到北京来接我,吓尿你!也不看看是谁的天,老百姓的,你叫不应,说不定我一叫就明,哈哈……""我上访怎么啦,心情不好就要上访,这辈子,我走过的最多的路,就是上访路!最好不要挡着我,否则我连你一起告了,到时候你吃了亏,我还是我!""你要是给我'奶'喝,上头有人来检查我给你说好话,咱们谁也不欠谁的，但没有给我丁点好处，就让我说好话，没门。你不就为了完成任务吗？别人来了，我说我脱贫不就行了？只要脱了你的干系，你过你的日子，我还像以前一样地生活，我没觉得不可以呀。"

一次，两次，三次，五次……王光伟渐渐走进了这位几十年风风雨雨的上访者孤独的内心，在王光伟的耐心开导下，春风化雨，润物无声，老胡长久郁结在心里的那个"疙瘩"慢慢地打开了，其他村民纷纷对王光伟这个年轻人刮目相看，纷纷在背地里称赞："这小子真有两下子。"正是通过这样的工作，王光伟让富民村的干群关系进一步走近了。

王光伟接着又和村干部们一道，指导建立了一系列的群众组织，通过这样的组织加强服务：党群服务之家、老年协会、苗家风情文艺演出队、党群志愿服务队、红袖治安巡逻队……初步实现了群众自我组织、自我管理、自我服务的体系和构建，进一步增强了群众当家做主的意识，接着，又进一步放手扩大群众对村级事务的管理权和决策权，充分调动群众脱贫攻坚主人翁的积极性，让群众释放潜能参与到致富奔小康的伟大征程中。

富民村要不要发展产业，发展什么产业，不是由干部们"一锤子"敲定，王光伟而是采取集中广泛民意进行决策，具体就是组织村社干部充分征求群众意见，指导群众自主选择，自主决定。一部分群众早就有发展乡村旅游的愿望，王光伟在经过充分调研之后，也觉得富民村旅游优势确实明显。既然老百姓有积极性，何不来个因势利导？要做成事情，首先就要让村民自己说服自己。只要他们的主意拿定了，就可以去落实了。王光伟一边参与争取上级的政策支持和资金的扶持,一边在群众的参与下,通过讨论,由群众确定了今后的发展方向:产业围绕新村转,新村围绕旅游干。在新村修建过程中,因地制宜地充分融进旅游元素,突出把民族、民俗、文化、山水等展示出来,与此同时,还把饮食、娱乐等产业装进新村建设的这个"大篮子"里,这还不够,又在新村周边,倡导村民们积极搞观光农业。他是这样和村民们说的:农业单纯只是种出来生活,那就太浪费了。庄稼不但可以成为一日三餐之用,还可以饱眼福,那才叫好呢。为了让村民有比照,他组织村民到宜宾市兴文县的永寿村、叙永县的西溪村等地学习参观,在提供的样板参照下,村民们做观光农业心里就有谱了,他要让过去的"世外桃源"在村民手中,逐步变成一个"聚宝盆",成为一颗区域性的旅游产业"明珠",最终实现富民增收。

  村支书邵忠平在村子里很有威信,不但头脑灵活,敢于打破旧观念,善于接受新事物,还是村子里少数率先富起来的人之一。王光伟在村民中了解到,邵忠平这个人能起到很好的示范带头作用。于是王光伟找到这个坚强的示范带头人谈心,告诉他,村子里有个你这样的村民认可的领头羊,大家就更有希望把富民村的扶贫攻坚工作抓起来。鼓励之下,不但邵忠平的信心更足了,而且村两委的积极性也进一步调动起来。这样,整个村就像下活了的一盘棋,都在围绕着邵忠平这根"轴心"转动,都在为着脱贫致富奔小康转动。邵忠平在王光伟的支持下,不仅外出考察学习取到真经,而且还采取请进来等方式,把一些知名专家请到村子里,进行实地规划和村民互动,从而进一步达成共识,形成"山上有果、林中有鸡,田中有鸭"的观光休闲旅游产业"链条",在每个环节上实现增收。经过群众一年多来的实践,觉得这套方案切实可行,把反复论证研究的扶贫规划落在了村民们发展行动中。发展有规划,而且规划如此详尽,这不但在富民村是第一次,而且对许多贫困村也是一种借鉴和经验。

王光伟指导帮助贫困户养殖乌骨鸡

富民村的产业,并不是像别的地方那样一味强调高大上,不考虑"接地气",一上来规划几千上万亩,以数量吓唬别人,他们采取因地制宜、滚雪球式的办法,由小到大,逐渐形成规模的方式。王光伟最懂得这一点,农民是最保守最现实的阶层,他们往往踊跃参与的,一定是能够吹汤可以见米的发展,毕竟他们需要立等可得的利益来做日常生活的支撑。在精准扶贫过程中,也就是要做到长短结合,以短养长,如果忽视短期效益,他们可能等不起三五年才可以见效的产业,而且那样的产业一旦稍有不慎落空,只会是劳民伤财,到头来不但业主受伤,严重者还会落到很惨的下场,而且村民特别是贫困村民更是受不起这样的折腾,弄不好还会跌入更深的贫困深渊之中。春种秋收，是农民固有的习惯，就像是早出门晚抱柴一样，到时间得有抱回家才行，别的一些贫困村在扶贫攻坚中确定的产业发展，往往都存在忽视眼前利益的情况，一旦付诸实施，就可能出现过不了桥的尴尬，这样的做法，换成你是土地的拥有者，你会答应吗？会换得老百姓的认可吗？王光伟和他的扶贫攻坚团队深深地知道这一点，始终牢牢地抓住老百姓的心，始终强调把村民自己愿意与否为前提，作为干不干产业的衡量标准和依据。

王光伟虽然在市级机关工作，但是下到村子里来，却从来就不做袖手旁观者，他在日记中这样写道："富民村就是我的家。"春暖花开时节，富民村的村社干部、预备党员、入党积极分子全都在山上参加劳动，抡起锄头、挥起镰刀，热火朝天。"别看王书记，戴着眼镜，干活却是一把好手。"王光伟不但跟着大家一起劳动，还学着村民和大家开玩笑，劳动之乐，王光伟将自己融进了村民群体中。他一边种植甜柿，一边和在一起劳动的邵忠平算账："每亩60株苗，4年挂果，每株60斤，公司按照1元每斤收购，3000元不会有问题吧。"以前，群众种过烤烟、玉米，每亩收益是多少，不用说，他们心里都清楚，"我们在这里生活了几十年，对每一寸土地了如指掌。要是收成不好咋办？"群众纠结，王光伟接上去："技术方面全部由我负责，我们已经衔接了县林业局，村里的坡地当退耕还林算，每亩每年可以领到补助400元嘛。"远处看去，一幅春种图，镶嵌在这大山里。沉睡的大山，悄悄地被春风唤醒了。

1000亩的甜柿种植计划，在群众的广泛参与下，实际一举完成了 1200 亩，足足超额完成 200 亩。这个春天，在王光伟和他的扶贫攻坚团队带领下，和村民们又在村子里种下了 3000 余亩当年就能收益的高山蔬菜、中草药等短期作物。富民村到底能不能脱贫，这些作物就是一本明白账摆在村子里，摆在老百姓面前，老百姓心里也踏实，看着这个巴心巴肝要让村民富起来的小伙子，大家都增加了对他的信任和好感。

随着富民村被列入全国旅游扶贫重点村、四川省重点扶贫村和四川省乡村旅游示范村等，加上一个个项目落地生根后，富民村发生了很大的变化，成为远近闻名的"样板村"，前来参观取经者络绎不绝。面对发展壮大，这时，一个更加严峻的问题被王光伟意识到了，那就是富民村对人的需求量明显增大，因为每项工作都要有人去干，而留在村子里的386199部队根本就没有办法去完成，昔日的"巧媳妇难做无米之炊"变成了今日的"有米无人煮饭"，这个"瓶颈"要是不能解决好，往后富民村的发展前途就很难说了。

王光伟来到村里之前，早就了解到富民村有"三多"，即，律师多、大学生多、在外经商的多。话说这富民村是一座在普通不过的山村，和许多乌蒙山地区的山村没有两样，但所不同的是，虽然它地处深山，小学四年级以上的学生甚至需要到大山外的乡政府所在地读书，每天要往返走几十公里山路，回家后还要帮家里干农活，但因为过去曾经有祖上的人考取过举人和秀才，繁盛了这里的学风。知识改变命运、奋斗改变身份，跳出大山、跳出农门的祖训影响着一代又一代人。浓厚的学习氛围和相互影响激励，使得富民村飞出了一只又一只"金凤凰"，据统计，其中,村里有律师13人、企业家17人、在校大学生22人……还别说,这真是一股富民村脱贫致富的"源头活水"。深夜,劳累了一整天的王光伟,翻阅着在外人员花名册,表现出异常的兴奋,眼睛在瞬间就发亮了,他也破天荒地失眠了。

  王光伟随即安排村上的干部们和在外成功人士进行联系沟通,他还动手专门建立了一本富民村在外成功人士名录,并找到一个个的具体联系方式,一通通的电话,一次次不厌其烦的登门拜访,一条条浓情暖意的微信沟通,说乡情、话成长、道工作、谈生意,让他们充分感受家乡的发展变化,恳请他们在忙忙碌碌中,回来停留片刻看一眼家乡。贵阳开办律师事务所的张发培,在业界颇有名气,尽管平时非常忙,但是富民村成立法律服务咨询服务中心后,他再忙也抽空无偿为家乡父老服务;广东发展的律师刘宇飞带着资金回村参与扶贫攻坚帮助村民发展,在校大学生邵端利用暑假回乡帮助贫困户做一些力所能及的事情……王光伟不但通过向在外成功人士借智借力,引进他们回村创业参与富民村的建设,还不断把农业、畜牧、工商等部门的专家请进来,为精准扶贫献计出力,又把当地工匠人才组织起来成立劳务队,组织他们承揽人行便道,小水利设施等建设……"众人拾柴火焰高",富民村已经储备了一批懂管理、懂技术、能够引领带动村级发展的优秀人才,为早日脱贫增添了后劲。

  在我看来,王光伟其实也不是就没有私心,他同样希望自己扶贫的富民村能够尽快变得更加富裕一点。老百姓主动参与扶贫的积极性调动起来了,他再多方借助外力,扶一把送一程。在王光伟看来:"我们中国人喜欢讲曲线救国,也喜欢这样做,但在

王光伟与苗族群众宣讲政策、交心谈心

扶贫的过程中，在别的一些地方，有些上级部门和干部下来并不是这样做，而是仗着国家的腰包里很有钱的或者自己很有钱的样子，动不动一家一户送一个电视机，或者别的什么，难道有了这些东西就是脱贫了吗？我是从来不愿意这样干的，我可以送思想，送教育，我向来对他们提倡自力更生，在发展上全力以赴给他们找项目和门路。"驻村这一年多，他先后带着他的团队为该村争取基础建设项目51个，累计投入资金达5680万元，并整体实施了水、电、路、网、房"五个百分百工程"。在扶贫攻坚的新长征路上，富民村的一草一木，一砖一瓦已经逐渐地融进了王光伟的血脉，邵支书说："以后王书记离开村子了，我们要为他颁发'荣誉村民'，可以说，没有他，富民村就没有今天的一切。"道法自然，润物无声。

夜幕降临，我们就要离开富民村了，富民村格外幽静，鸟鸣虫叫，露珠欲滴，等到夜晚，眼前又是一幅"月出惊山鸟，时鸣春涧中"和"清泉石上流"的最美乡村图景。道旁山间,点点野花闪闪烁烁,可王光伟的一些话同样也在我心间闪烁:扶贫攻坚这一战,艰难不必言说,说到底,终归还是需要更多的本土人才和招引更多外埠人才都参与到其中来,给予发展建设更大的智力支持,智力才是扶贫攻坚制胜之本。

我这一辈子,最敬重两个社会群体,其中一个就是脱贫攻坚工作中来自各行各业、各条战线、各个地方的驻村第一书记群体,他们是打赢脱贫攻坚战的主要力量,是新时代建设征程上的"灵魂人物"。正因为有了这么一株株新时代的灿烂映山红开遍在山山岭岭,才有了无数贫困村今天的巨大变化。经历了这一次灵魂的洗礼,特别是精神状态发生了翻天覆地的变化,广大村民的信心更加充足了,战斗力更强了,无论在哪个家庭,哪个院坝看见他们,微笑里透露出来的除了生活的滋润就是自信和自强,即使哪怕有极少数在物质上一时摆脱不了彻底的贫穷,但经历一番艰难险阻的磨炼之后,筋骨和气血都必将强健起来,以崭新的主人翁面貌活跃在山山水水间,行走在宽阔的道路上。如今,无论走到哪里,大家都会不约而同地发出这样的感叹:这几年的农村真是一天一个样,户户旧貌换新颜,村村美景如画,处处呈现山欢水笑,人寿年丰的盛景。是他们,亲手翻开了中国农村走向新时代的崭新篇章;是他们,带领着千千万万农民群众进行自我革命,大踏步迈上了乡村振兴的历史新征程。